MELISSA

騎士団長は元メガネ少女を独り占めしたい

JN118281

高瀬なずな

Illustrator
芦原モカ

この作品はフィクションです。
実際の人物・団体・事件などに一切関係ありません。

騎士団長は元メガネ少女を独り占めしたい

MELISSA

プロローグ

あー……空が青い。

私、早坂莉奈《はやさかりな》は火葬場の駐車場隅っこにある植木の前で、大好きだったおばあちゃんが煙になって空に還《かえ》っていくのをぼんやりと眺めていた。

おばあちゃんは身体《からだ》が悪くて私が物心ついた頃《ころ》には既に老人ホームにいたけど、両親の死後、私を心から可愛《かわい》がって、そして心配してくれた唯一の人だった。

両親と一緒に三人で車で出かけた帰り、居眠り運転のトラックが私達の乗る車に突っ込んできたのは、私が三歳の時だった。

両親はそのまま亡くなり、咄嗟《とっさ》に母に庇《かば》われた私は命に別状はなかったが、頭をぶつけて視神経にダメージを受けたらしく極端に視力が落ちてしまい、今は瓶底みたいなメガネを掛けている。

いやホントはこのメガネもうちょっと何とかなると思うんだけどねー。今時圧縮レンズとか非球面レンズとかいろいろあるんだし。

けどそんな贅沢《ぜいたく》は、私のために余分な金はびた一文も使いたくないらしい叔父《おじ》さんちに御厄介になってる身では許されないのだ。

叔父さん、うちの両親の遺産やら保険金やら使い込む気満々で私を引き取ったのに、おばあちゃんが未成年後見人として私に弁護士をつけたせいで完全に当てが外れたみたいだからなあ。

つか、叔父さんがいるのに別で未成年後見人つけちゃうあたり、おばあちゃんも叔父さんのこと信頼してなかったんだろうな。

『私が引き取って面倒見てあげたかったけど、おばあちゃん身体がこんなだから、一緒にいてあげられなくてごめんね』

そう言って哀しそうに私の頭を撫《な》でてくれたおばあちゃんを思い出す。

目指してた大学に合格したことを伝えたかったのに、合格発表三日前に意識不明になっちゃって、結局伝えられなかったな。

おばあちゃんありがとう。おばあちゃんが先のことをしっかり考えて後見人つけてくれたから、私一文なしにならずにちゃんと大学行けるよ。

後見人の弁護士さんに協力してもらって、こっそり東京の大学受験したんだ。合否通知が家に届くとバレちゃうから、弁護士さんの住所で受験申し込んだり、住民票も弁護士さんのところに移したり、向こうのアパートの保証人になってもらったり。弁護士さんには本当に頭が上がらない。後は来週一人でこっそり大学の近くへ引っ越したら脱出完了。あの家のサンドバッグ兼無料家政婦も卒業だー！

「莉奈！　あんたこんなとこで何サボってんのよ！」

うわ、真由《まゆ》に見つかっちゃったよ。

真由は私より一歳年上、叔父さんちの一人娘だ。つまり私の従姉《いとこ》になる。ちっちゃい時から家でも外でもせっせと私をイビリ倒してくる、ちょっとアレな存在だ。みんなの前でも隠しもせず堂々とイビってくるもんだから、彼女の学生時代のあだ名は『女ジャ〇アン』だった。そして私のあだ名はもちろん『女〇び太』。メガネか。メガネが悪いのか。

そんな彼女は今日も今日とて嫌がらせに余念がない。

例えばこの喪服。

「控え室で親戚《しんせき》みんなにお茶淹《い》れたらさっさと姿消しちゃって。そんなにみんなにそのモッサい喪服姿見られるの嫌だったの～？　それくらい我慢して親戚の相手しなさいよ。大体あんたはね、うちに世話になってる厄介者の分際で……」

うっさい。そのモッサい喪服勝手に用意したのは誰《だれ》よ。マタニティみたいなワンピースいつのまにかどっかから手配してきやがって。胸が標準よりちょっと……いやかなり大きめな私には、ウエスト絞ってない洋服はデブにしか見えないの知ってるくせに！

それにしても今日も機嫌悪いな。先月彼氏にフラれたことまだ怒ってるんだろうか。

彼氏の家でカレー作るのに私のレシピノート盗んで持っていって、挙句シャバシャバ生煮えカレー作ってフラれたからって私のせいにするのはやめてほしい。いきなりなくしたはずのレシピノート投げつけられて何事かと思ったわ。

つか、なんでわざわざ人のレシピノート盗んで、スパイスからカレー作ろうと思ったんだか。そこは市販のルー使おうよルーを。普段料理なんかまともにしてないんだから。

私がいつもスパイスから作ってるのは別に料理好きだからとかじゃなく、あんたら一家がカレールーやら中華料理の素やらを手抜き扱いして、使うことを一切許さなかったからだから！

まだぐだぐだと文句を言い連ねている真由を放置してそんなことをつらつら考えていると、どうやら聞き流されていることに気付いたらしい真由に肩を小突かれた。弾みでメガネが草むらにパサリと落ちる。

あ、やばい。真由の前では絶対メガネ取るなって親友の綾《あや》ちゃんにいっつも言われてたのに。

激ワルな視界の中、慌ててメガネを探す。ほぼ手探り。あ、良かったあったあった。

「ちょっとあんた聞いてんの!?　大体誰のせいで私がフラれたと思って……え!?」

メガネのレンズをハンカチで軽く拭《ふ》いて再びメガネを掛けると、何故《なぜ》か真由が呆然《ぼうぜん》と突っ立っていた。

「あ、あんた何なのその顔……！　よくも今までダサメガネのふりして……！」

わけのわからないことを叫びながら真由が私に掴《つか》みかかってくる。

そして真由の手が私の肩を掴んだその瞬間、足元の地面が突然真っ白い異様な光を放ち始めた。

何これ眩《まぶ》しい！

思わずギュッと目を瞑《つむ》る。身体がふわりと投げ出されるような、目眩《めまい》にも似た感覚。

そして、そのクラクラするような感覚が治まって再び目を開けたら。
私、いや私達が座り込んでいたのは見たこともない場所だった。

一・異世界の神子

「……どこよここ」

目を開けた先にある風景は、明らかに日本のそれではなかった。

なんだこれ。中世ヨーロッパ？　ちょっと違うかな。どちらかと言えばファンタジーの世界っぽい。

磨き抜かれた大理石みたいな床は艶々《つやつや》で、私と真由《まゆ》を中心に六芒星《ろくぼうせい》のような図形が広がり、そこに模様なのかどこかの言語なのかわからない何かが一面に書き込まれている。

柱も壁も全部が石造りの建物は、まるでどこかの神殿のようだ。

「召喚の儀は成功したはずなんじゃが……二人も現れるとはどういうことだ……？」

すぐ傍《そば》には、困惑しきったように呟《つぶや》く総白髪のおじいさん。

おじいさんの服装も白いローブみたいな感じで、これまたファンタジーな佇《たたず》まい。

どういうことってこっちが聞きたいわ。何これ。召喚の儀って、おじいさん一体何やったの。まさかまさか。

恐ろしい可能性に頬《ほお》が引きつる。

十八歳にもなってガチでその可能性を疑うのはちょっと恥ずかしいんだけど、これってもしかしてもしかして、ラノベとかでよく出てくるアレ!?　アレなの!?

「異世界トリップってやつ!?」

あ、真由に先越された。

つか、真由がその単語知ってたことに驚きだわ。本なんて全然読まないタイプかと思ってた。

「光の神子《みこ》様、アスタリア王国へようこそお越し下さいました。神子様がこの国に現れるこの日を、ここにいる我ら一同心よりお待ちしておりました。私はこの国の大神官を務めております、ザカリアと申します。どうぞお見知り置き下さい」

ん？　ここにいる我ら一同？

その言葉に、この場にいるのが私達だけではないことに気付いた。

少しだけ離れたところに佇む数人の男達。

一人は、いかにも高貴な人物です！　って感じの服を着たプラチナブロンド。状況から察するに王子様ってとこだろうか。

「初めまして神子様、私はアルベルトと申します。この国の王子です」

おお、当たりだ。

あとは、その護衛だろうか、騎士っぽい服装の人が二人。王子様より濃いめの金髪の細マッチョっぽい男と、それより少しがっしりした感じの、短く整えた明るめの茶髪の男。

「第一騎士団の団長を務めております、ジュリアスと申します。よろしく神子様」

「……第二騎士団団長、レオンです」

金髪はこちらのご機嫌を取るかのような優しげな口調だけど、茶髪はぶっきらぼうな感じ。

メガネがあってもまだド近眼なので顔まではわかんないんだけど、多分全員イケメンなんだと思う。

何故《なぜ》なら隣の真由が明らかにポーッとなってるから。イケメン好きだもんなあ。

その後ろにも家臣？　ぽいのがわらわらいるけど、とりあえずキリがないから気にしないことにしよう。

それより説明を頼みます説明を！

神子ってなんだ、なんなんだ！


ザカリアさん曰《いわ》く、この国では『瘴気《しょうき》』とかいうものが存在し、その吹き溜《だ》まりからは『魔獣』というのが生まれてきて、人々を襲うらしい。

吹き溜まりは一度発生すると濃くなるばかりで決して薄れることはなく、人々は襲いくる魔獣に日々怯《おび》えて暮らしているとのこと。

そして、その『瘴気の吹き溜まり』を唯一祓《はら》う力を持つのが彼らの言う『光の神子』なのだそうだ。

『光の神子』は百年に一度だけ異世界から召喚することができ、今日が前回からちょうど百年目なのだと言う。

「そうして我々の召喚に応《こた》えて、今この場にお姿を顕《あらわ》して下さったのが貴女方《あなた》お二人なのですか……！」

えー……。何その他人に丸投げな対応策……。

「はぁ……。お話はわかりましたが、その『光の神子』とやらは二人も喚《よ》ばれるものなんですか？　さっき明らかに二人いることに困惑してましたよね？」

「そ、それは……」

私の指摘にいかにも気まずそうなザカリアさん。

「その……恐らくは召喚の際にお二人が接触していたか何かで、本来はお一人だけが召喚されるところ、もうお一人も巻き込まれて召喚されてしまったものかと……」

巻き込まれ召喚キタコレー。

この場合ハズレは私と真由のどっちだ。

隣で真由が立ち上がった。

「あの、多分私が神子だと思います！　どうやったらその神子の力っていうのが使えるようになりますか!?」

「えええええ!?」

思わずぽかーんと口を開けて真由を見上げる。

「そ、そうなの⁉　なんか特別な力を感じるとかそういう感じなの⁉」

「はぁ？　あるわけないじゃんそんなの」

真由が私を馬鹿《ばか》にしたように見下ろす。

「え、じゃあ何を根拠に……」

「だってあんたと私の二択だったら、私しかないに決まってるじゃないの。当たり前でしょ⁉」

えええええ～……。

まあ瓶底メガネのチビと見た目だけはまあまあ美人の真由だったら、ビジュアル的には真由の方が神子かもだけど、私どんだけ下に見られてるんだ。

ザカリアさんが水晶玉を差し出す。

「では、こちらの水晶に手をかざして頂けますでしょうか。そう、そして指先に体内の力を集めるようなイメージで……『光よ』と唱えてみて下さい」

「光よ！」

真由が手をかざして唱えた瞬間、水晶玉が白い光を放った。

「おお、これぞまさしく神子の力……！」

ザカリアさんが感極まったように叫び、その場にいる全員が真由に跪《ひざまず》く。

「我らが神子様、どうぞこの世界をお救い下さい……！」

跪く人々と、『私こそが選ばれた特別な存在……！』みたいな紅潮した顔で小鼻膨らましてる真由。

えーっと、私元の世界に帰っていいかな。

つか帰して。

「すみません、一度にいろんなことが起きて混乱してらっしゃるでしょう。ひとまず神子様のお部屋へご案内しますのでこちらへ……」

金髪の二人、王子様とジュリアスさんだっけ？　の二人が真由の手をそれぞれ取って、部屋の奥にある扉へと誘《いざな》う。

近くで見たらやっぱり二人ともイケメンだった。

うっとり顔の真由はされるがままだ。

ちょっと待ってー、皆さん何か忘れてますよー。

そのまま立ち去ろうとする三人に慌てて声を掛けた。

「あのー！　お話がついたんならそろそろ私を元の世界へ帰して頂きたいんですが！」

「あら、莉奈《りな》あんたまだいたの？　必要とされてるのは私で、あんたには用はないみたいだからさっさと帰れば？」

いや、だから帰りたいよ、帰らしてよ。

王子様達も『あ、そういえばまだいたの？』みたいな顔しないで下さいよ。

ていうか、帰れるんだろうか。こういうパターンで巻き込まれた人があっさり帰れるのって聞いたことないや。

案の定超申し訳なさそうな顔のザカリアさん。

「いやその、非常に言いにくいんじゃが、召喚することはできても、元の世界に戻すことはできんのです」

あ……やっぱりですか。

さっき召喚は百年に一回しかできないとか言ってたし、戻すのもそんなあっさりできるわけないですよね……。

「じゃあ私はこれからどうすれば……」

「事故とはいえ、あなたをこちらに呼び出してしまったのは我々ですので、よろしければ当面の間我ら神殿の方でお世話をさせて頂きたいと思います。その後改めて身の振り方を考えて頂けたらと

……」

まあその辺が落としどころ、っていうかそれくらいしかできないんだろうな。

せっかく希望の大学受かって、自由な新生活が待ってたのに凹《へこ》むわ……。

「駄目よそんなの！　神子である私が認めないわ！」

突然声を上げたのは真由。

「莉奈、あんたってどこまでいっても厄介者ね。うちの家に転がり込んでくるだけじゃなく、こんな

ところにまでくっついてきて私に迷惑を掛けて！　これ以上人に迷惑掛けないで、街にでも出て一人で勝手に生きていきなさいよ！」

「ちょ……真由？」

「そこの神官！　神殿でこの子の面倒見るって言うんなら、私は今後一切神殿には協力しないからね！」

あまりの内容の酷《ひど》さに絶句する。

私への嫌がらせが生き甲斐《がい》みたいなところは前からあったけど、いくらなんでもこれは酷すぎない？　このまま何もわからないまま街に放《ほう》り出されたら本気で生死に関わるわ。

私そこまで言わせるようなこと何かしたっけ？

そういやここに飛ばされる直前、メガネがどうとか喚《わめ》いてたけど、そのせい？

小学校からの親友である綾《あや》ちゃんに初めてメガネを外された日のことを思い出す。

『莉奈ちゃんのメガネ超度が強そう～。ちょっと一回掛けさせて！』

そう言って私の顔からメガネを外した綾ちゃんは、しばらく私の顔を黙って見つめた後、また黙ってメガネを戻して言ったんだ。

『……莉奈ちゃん、あの女ジャ〇アンの前で絶対メガネ外しちゃダメだよ。嫌がらせが今まで以上に酷くなるからね。絶対ダメだからね！』

何でなのか理由は教えてもらえなかったけど、綾ちゃんの言ったこと正解だわ。嫌がらせ超グレードアップ。

金髪二人もあまりの発言の酷さに流石《さすが》に若干引いた顔をしているし、ザカリアさんもどうしたらいいのか分からず硬まっている。

しばらくの間誰《だれ》も動けず、沈黙が訪れる。

……このまま私、外に放り出されるのかなー……。

なんせ光の神子様？　の言うことだし。

私所詮《しょせん》『厄介者』だし。

やばい。『厄介者』ってワードが精神的にジワジワ効いてきた。

元の世界でも真由に散々言われてた言葉ではあるけれど、異世界に飛ばされてまで私は厄介者なんだろうか。

私を必要としてくれる場所なんて、地球はおろかどこの世界にもないのかもしれない。

あ、駄目だちょっと泣きそう。涙こぼれないように上向いとこう。

その時。

「……ではその娘、我ら第二騎士団が引き受けよう」

低い、でも張りのある声がその場に響いた。

「どうせ俺《おれ》ら第二騎士団は、ただの『魔獣駆除係』だ。畏《おそ》れ多くも神聖なる神子どののの世話になるようなこともねえだろうしな」

皮肉気な台詞《セリフ》を続けたその声の主《あるじ》は、茶髪の騎士だった。確かレオンとかいう名前で、第二騎士団長って言ってた気がする。

「おい、お前。いつまで座り込んでる。来ないんなら置いていくぞ」

呆然《ぼうぜん》としている私に差し出される手。

「第二騎士団《う ち》に置いてはやるが、食い扶持《ぶち》分はちゃんと働けよ」

力強くこちらを見据える目。

「居場所がないことを嘆くな。自分の居場所は、自分で作れ。足掛かりくらいにはなってやる」

私は、差し出された手を取り、震える足に力を込めてよろよろと立ち上がる。

目尻《めじり》に溜まっていた涙が、一粒だけぽろりと落ちた。

それが、私とレオン団長との出会いだった。

「リナちゃーん、今日の晩メシってなにー？」

声を掛けてきたのは、第二騎士団六番隊のベルナルドさん。

「レッドボアの唐揚げの予定です。あとはお浸しとサラダとパンかな。あ、そうだ。今日の討伐でついでにホーンブルとか狩ってこれません？　生姜《しょうが》焼きに使いたいんで」

「唐揚げ!?　あの油で揚げた超うまいやつ!?　うおーやる気出た！　生姜焼きは今日狩ってきたらい

つ食えんの!?　明日!?　明後日!?　狩ってくる狩ってくる！　超楽しみー！」

「ちゃんと血抜きして解体して持って帰ってきてくださいねー！」

私と真由がこの世界にやってきてから一ヶ月が経《た》った。

あれから真由は王子様のもとで王宮住まい。光の力で浄化？　をする時は第一騎士団と行動を共にして、それ以外の時間はお姫様ライフを満喫しているようだ。

なんかね、第一騎士団の団長さんとラブラブらしいよ！　良かったね！

そして私は、ここ第二騎士団の宿舎で食事係メインの下働きをしている。

この第二騎士団、最初何が驚いたってほんっとーに女の人が一人もいない。

これまでは掃除や洗濯、食事などの雑務は、怪我《けが》をして戦えなくなった退役騎士さんが下働きとして再就職してやっていたらしい。

戦えなくなっても安心して働ける場所があるのはいいことだ。いいことなんだけど、男らしい元騎士さんの作る料理はほんっとに男らしくてね……（遠い目）。

耐えかねた私が試しに食事を作らせてもらったところ、全員の希望もあって私はめでたく食事係に就任することとなった。

既に第二騎士団全員の胃袋は掌握《しょうあく》済みですよ！

後は慣れない男の人では無理がある繕い物とかちまちまやったり。

叔父《おじ》さんちの奴隷働きで培《つちか》われた家事スキルがまさかこんなところで役に立つなんて思わなかった

わ。だからと言って感謝はしないけど。

ちなみに、女の人がガチでいないので女の人の服もありません。見習い騎士の服（これが一番小さい）の丈を詰めまくって着ています。おパンツも男物。ボクサーパンツみたいなので良かったよ。ブリーフとかふんどしとかだったら受け入れる自信ないわー。無駄にでかい胸はサラシもどきを巻いて対応。毎月のアレに関しては、布ナプキンを自作してなんとか解決した。

多少の不便はあるけれど、正直毎日楽しい。

だってご飯作ったらみんな『美味《おい》しい』って言ってくれたり、ズボン繕《つくろ》ってあげたら優しく『ありがとう』って言ってくれるんだもん！

ちっちゃいことのようだけど、これが一番嬉《うれ》しい。

叔父さんちでは言われたことのなかったその言葉！

食事に至っては、私が作るようになって栄養バランスが良くなったからか『リナのメシのおかげでみんな疲れにくくなったし、怪我の治りまで良くなった気がする』とまで言ってくれるんだよ！

感謝してもらえるって素敵！　やる気出るわー。

おまけにそういう時みんな頭まで撫《な》でてくれるんだよ！

……ん？　私もしかして子供だと思われてる？　まあいいや。

せっかく合格した大学や、仲の良かった友人に未練がないと言ったら嘘になるけれど、戻る術《すべ》がない以上、ここで生きていくしかないのだ。どうせなら前向きに頑張りたいと思う。

ちなみに第一騎士団には下働き専門のメイドさんがちゃんといるそうです。何故なら第一騎士団はみんな貴族だから。

王族の護衛とか式典とか、華やかな仕事はお貴族様である第一騎士団担当で、魔獣の討伐とか野盗の退治とかいった地味目な仕事が平民出身である第二騎士団の担当、らしい。たまに合同演習みたいに一緒に討伐に出ることもあるらしいけどね。

で、そんな第二騎士団を統《す》べるのがレオン団長。第二騎士団唯一の貴族だ。と言っても元々は平民で、巨大な魔獣が現れて王都で暴れた際に大活躍して、その功績を認められて伯爵となったそうだ。

超強い。超強い上にイケメン。当然モテモテだが恋人はいないらしい。副団長のハインツさんが教えてくれた。

『お買い得物件だよー、狙《ねら》ってみない？』

って、無理無理、チビメガネでは完全に力不足だわ。

ふっふっふー。

夕食の時間、私は上機嫌だった。

いくら引き締めようとしても口許《もと》が緩む。にやにや。

「……奇妙な顔をしているな。何かあったか」

あ、レオンさん。

「そうなんですよ～、レオンさん！　聞いて下さいよ！　今日いつもの商人さんが食材を売りに来てくれたんですけど、クミンパウダー！　クミンパウダーぽいのが売ってたんですよ！　カレーのスパイスであと手に入らないのクミンパウダーだけだったんですよね！　これでカレーが作れると思うともう私嬉しくて嬉しくて！」

「ク……クミ？　カレー？」

この世界、元々そうなのか過去の神子さまの努力の賜物《たまもの》なのかはわかんないけど、味噌《みそ》だの醤油《しょうゆ》だのおよそ日本人が恋しがるような調味料は完備されてるし、米や野菜も似た感じのものが沢山ある。

だけど、カレーだけはなかったんだよね！　明日はカレー祭だ！　やっほう！

レオンさんが明らかに引いている。

すいませんテンション高くて。

「……何かに困っているわけじゃねーのなら、別に構わねえが……」

あ、心配して下さってたんですね。ありがとうございます。

ニヤニヤ笑いが思わずニコニコ笑いに変わる。

強面《こわもて》だけどやっぱいい人だわー、この人。

「……なんだよ」

「いや、レオンさんってやっぱり優しいなーと思いまして」

「うるせえ、犯すぞ。食い終わったならとっととと風呂《ふろ》行け」

ちゃり、と部屋の鍵《かぎ》が投げられる。

「後片付けは他《ほか》の奴《やつ》の担当なんだろ？　俺は今からメシ食ってハインツと打ち合わせすっから、今のうちに入っとけ」

「あ、いつもありがとうございます」

男まみれの第二騎士団、当然ながら女風呂はない。

ただでさえ混み合う共同風呂を一人で占拠するわけにもいかず困っていたら、レオンさんが団長の部屋だけに設置されているという個人風呂を貸してくれることになったのだ。

「えー、リナちゃんてば風呂上がりに犯されちゃうのー？　やらしー」

のしっ。

背中にのしかかる重み。この声はハインツ副団長さんか。

「……ハインツ、殺すぞてめえ」

「犯されませんよ、レオンさんそこまでゲテモノ趣味じゃありませんって」

レオンさんの名誉のためにそこはとりあえず否定しておこう。

「えー、そんな卑下することないと思うけどな。それにリナちゃん、隠してるけど実は結構おっぱいおっきくないー？」

「ひえっ」

後ろから胸に手を伸ばされそうになって慌てて飛び退《の》いた。この人、しょっちゅうこんな冗談を言うから油断ならない。

「ふざけんなてめえ、本気で殺すぞ……！」

「それじゃリナちゃんお風呂行ってらっしゃい、俺達この後打ち合わせだから。またねー」

殺気立つレオンさんの肩をポンポン宥《なだ》めながら、ハインツさんはもう一方の手をひらひらと振った。


お言葉に甘えてレオンさんのお部屋で有難くもお風呂を頂き、脱衣所から出て濡《ぬ》れた髪をタオルでがしがしと拭《ふ》く。

うーん、ドライヤーが欲しい。

風魔法で一気に乾燥！　とかできたらいいのに。

ひたすらタオルでわしゃわしゃと髪をかき回していると、軽いノックの後部屋のドアが開いた。

「あ、レオンさん打ち合わせお疲れ様です」

メガネ外してるから顔はよく見えないけど、雰囲気的にレオンさんで合ってるはず。つかレオンさんの部屋だし。

「……風呂入る時はちゃんと部屋の鍵締めとけって前も言っただろーが。誰か入ってきたらどうすんだ」

うん、レオンさんで合ってた。

「だって私がお風呂の中にいる時にレオンさん帰ってきたら、レオンさんが部屋に入れないじゃないですか」

「そのくらいの時間くらい外で待ってるさ。おまえ一応は女なんだから自衛しろ」

「はーい」

適当な返事をして、また髪をがしがし拭く。

トリートメントとかあるわけじゃないから、流石にちょっと毛先が傷《いた》んできたなあ。

せっかく長く伸ばしたけど、この際短く切っちゃおうかな。

何となく視線を感じながら、毛先を弄《もてあそ》ぶ。

お風呂上がりでこうして髪を拭いている時、じっと見られてることが多い気がするんだけど、何でだろう。

長い髪の毛が床に落ちるのが気になるのかな？

後で髪の毛ちゃんと拾っとこう。

「……毛先、何か気になるのか？」

「え？　ああ、ちょっと傷んできたから、いっそバッサリ短くしちゃおうかなーと思って」

「……やめとけよ、綺麗《きれい》なのに」

「え？」

「……髪、せっかく綺麗なのにもったいねーだろ。そのまま伸ばしとけよ」

「え、あ……はい……」

たとえ髪の毛のこととはいえ男の人に綺麗なんて言われるのは初めてで、何となく頬が赤らんでしまう。

レオンさんの顔もなんだか赤いような気がして、メガネを掛けてもう一度レオンさんを見てみたけど、そこにはいつも通りのレオンさんがいるだけだった。

「うわー、なんだこれ！　超うめえ……！」

「辛いのにうめえ！　クセになるな……！」

うんうん、そうでしょうそうでしょう。

もっと褒めてー。

昨日の宣言通り、今日はカレー祭だ。

最初はその色とドロドロの形状に及び腰だった騎士さん達も、今は夢中になってカレーをかき込んでいる。

「明日の討伐は第一騎士団と合同なんですよね？　沢山食べて、頑張って下さいね！　……ってあれ？　レオンさんは？」

「訓練の後、用があるって街に下りていったよ」

そうなんだ。一緒にカレー食べて、感想聞きたかったのにな。とりあえず食べ尽くされる前に小鍋《こなべ》に取り分けておこう。

その後、レオンさんが食堂に現れたのはほとんどの騎士さん達が食事を終えて、人影もまばらになった頃《ころ》だった。

「悪りぃ、遅くなった。まだメシ食えるか？」

「大丈夫ですよ。レオンさんの分ちゃんと残してありますから」

先程取り分けておいた小鍋を火にかけて、くつくつ温める。カレー特有のスパイシーな香りが辺りに広がり、思わず頬が緩む。

レオンさん美味しいって言ってくれるといいな。

「……ん。うまい。これがカレーってやつか？　おまえが材料手に入れて大喜びすんのもわかるな。まだあるならもうちょっと食いたい」

「まだありますよ！　明日に備えていっぱい食べて下さいね！」

やったー、気に入ってもらえた！　嬉しい。

「ありがとう、うまかった。お礼にこれやるよ」

おかわりした分も残さず食べ終えたレオンさんが、胸元から綺麗な瓶を取り出し、私に差し出した。

中にはトロリとした琥珀《こはく》色の液体。

「何ですかこれ？」

「香油。寝る前に髪につけるといいらしい。傷みが気になってるんだろ？」

おおお、マジですか！　男の人からの初めてのプレゼント！

「い、いいんですか？　ていうかもしかして、今日街に下りたのってこれを買うためとか？」

「……まあな」

ちょっと照れたような顔で目を逸《そ》らすレオンさん。

うわー、なにそれ嬉しすぎる。イケメンは顔だけじゃなくてやることまでイケメンだな！

こんなことされたら勘違いする女の人が続出しそう。

男ばっかの環境に置いといて正解だわこの人。

つか、私まで勘違いしそう。やばい、ほっぺたが熱い。

赤くなった顔を誰かに見られてるんじゃないかと、思わず周りを見渡す。

いつの間にか食堂に残っているのは私達二人だけになっていた。

「あ、ありがとうございます……！　すっごい嬉しいです！　んもー、惚《ほ》れちゃいそうなくらい！」

動揺のあまり、勢いあまって妙なことまで口走ってしまった。ギャー！　馬鹿じゃないの私！

「……別に、惚れてくれても一向に構わねえけど？」

「…………え？」

肩を引き寄せられる。

押し当てられた唇は、一瞬で離れていった。

「……え？　え？　……ええっ？」

「ほら、部屋の鍵。俺はまだ明日の討伐の準備があるから、勝手に風呂入っとけ。遅くなるから、風呂上がったら鍵はハインツに渡してさっさと寝てくれていいぞ」

いつもとまったく同じ調子で、呆然と立ち竦《すく》む私に一方的にそう告げると、レオンさんは食器をカウンターに片付けて出口へ歩いていった。

「じゃあな。おやすみ」

そして何事もなかったように、出ていった。

「ええええ……？」

私はと言えば、その場に立ち竦んで真っ赤になった頬を押さえ、ひたすら混乱するだけだった。

翌朝、レオンさんは何もなかったかのような顔で討伐に出発していった。

うう、昨夜はほとんど眠れなかった……。

昨夜のアレを、私はどう受け止めればいいんだろうか。

一．レオンさんは、周りに女の人がいなさすぎて、この際誰でもよくなっている。

二．本人が美形すぎて、相手の美醜はもはや気にならない領域に達している。

三．ただの冗談。

一は流石にないかなあ……。街に出りゃレオンさんとお近付きになりたい女の子の一人や二人や三人や四人、すぐに見つかるだろう。一応爵位を持ってるんだから貴族のお嬢さんだってありだ。モテモテだ。

二はなあ……。ない話じゃないんだろうけど、流石に私に都合が良すぎる。

『平々凡々《へいへいぼんぼん》な女の子が何故か突然学園の王子様に愛されちゃうシンデレラストーリー！』的な？　どこの少女マンガだ。

平凡以下のチビ瓶底メガネにはハードル高すぎるわ。

まあけど現実的なのは三かなあ。乙女《おとめ》心を弄ばれた気分でちょっと凹むけど。

だ、大丈夫！　所詮口と口がくっついただけだし！

唇なんて所詮ただのめくれ上がった粘膜だし！

……駄目だ。やっぱりダメージ大きい。

私こんな過ぎたことをグズグズ悩むキャラじゃないのに、こんなにショック受けてるのは何でだろう。

「あーもう……頭痛くなってきた。ちょっと寝よ」

寝不足なのと、最近メガネの度が合わなくなってきたのとで頭痛がする。

どうせ今日はみんな討伐に出てるから昼食の用意もいらないし、少し休ませてもらおう。

これ以上考え続けると、辿《たど》り着いちゃいけない結論に辿り着いちゃいそうで、私は痛む頭を押さえながらもそもそとベッドに潜り込んだ。

目が覚めたのは、辺りが薄っすらと夕闇《ゆうやみ》に包まれる頃だった。

「うあー、寝すぎた……まだ頭痛いー……」

寝ても治らなかった頭痛に少しうんざりしながら身を起こす。早く夕飯の支度をしなくちゃ。

部屋を出て食堂の方へ向かう。

……なんだかざわざわと妙に慌ただしい。

時々誰かが叫んでるらしい声も聞こえてくる。

なんだか嫌な予感がする。

討伐で何かあったんだろうか。誰か大きな怪我でもした？

怪我ならいいけど、もしかしたら誰か……死……？

私はみんなの気配を感じる方向へ向かって駆け出した。

「何これ……どうしてこんな……」

「おい救護班！　何やってんだ早く止血しろ！」

「っそれがいくら押さえても止まらなくて……！」

何人もの騎士達が運び込まれる中、一番酷い怪我をして横たえられているのはレオンさんだった。

「何で!?　レオンさん強いんでしょ!?　何でこんな酷い怪我……！」

「何者かが我々の進路に魔寄せの香を焚《た》いていたんです」

答えたのはハインツさんだった。

「魔寄せの香で魔獣が異常なほどに集まる中、新人が魔獣に食われそうになったところを庇《かば》って、怪我を負いました」

レオンさんの隣では、若い騎士が泣きじゃくっている。

「す、すいません団長俺、俺が、俺のせいで……！」

「……下のモンの面倒見るのが俺の仕事だ。謝ってんじゃねーよ。これぐらいじゃ死なねーよ……」

そうは言うものの、腹部からの出血はまだ止まっていない。

「光の神子さまに癒《いや》しの術をかけてもらうようお願いはしたんだが、来てくれる気配がないんだ。あの人、以前君を連れてきた際神子さまに楯突《たてつ》いてるからね。神子さまに良く思われてないんだと思う」

「そんな……」

私のせいだ。私なんかがいるからレオンさんが。

「リナちゃん、お願いがあるんだ。神子さまと同じ異世界から来た君には、もしかしたら少しくらい癒しの力があるかもしれない。試して見るだけでいいんだ。団長の傷を治してみてくれないか？」

ハインツさんの真剣な声。

「……どう、やればいいですか……？」

私にレオンさんを助ける力がほんの少しでもあるのなら。


ハインツさんに言われた通り、傷口に手を当てる。

レオンさん。死なないで。好き。好きなのに。

こんな時なのに、すとんと胸に落ちてきた感情。

ああ、そうだったんだ。私この人のことをいつの間にか好きになってたんだ。

そんな大切な人を喪《うしな》うかもしれない恐怖に涙を滲《にじ》ませながら、指先に意識を集中する。

「癒しの光！」

お願い。私にできることなら何でもするからレオンさんを助けて……！

瞬間、目を開けていられないほどの圧倒的な光が部屋中に溢《あふ》れた。

「ほらね、やっぱり僕の言った通りだったでしょ？」

ハインツさんが得意気に言う。その言葉は誰に向けてのものだったのか。

「うぇえ……レオンざん～。うあああ～……」

ハインツさんに支えられて身体を起こしたレオンさんと、その胸にしがみついて、爆泣き中の私。

我ながら泣き方が汚い。

光が溢れたあの後、レオンさんの傷はみるみるうちに塞《ふさ》がっていき、真っ白だった頬にも健康そうな色が戻った。

固唾《かたず》を呑《の》んで見守っていた騎士のみんなから沸き上がる歓声。

「……まさかこんな形でお前に助けられるとはな。ありがとう」

沢山の血を失ってまだ貧血状態なんだろう、少し掠《かす》れた声で感謝を伝えられて、私の涙腺《るいせん》は完全に決壊してしまい今に至る。

「ぐす……すいません大泣きして。怪我してるのレオンさんだけじゃないんだから、他の人も治さなきゃですよね……」

ようやく我に返ってレオンさんから離れる。涙でぐしゃぐしゃの顔を拭《ぬぐ》おうとメガネを外す。と、何故か慌てたレオンさんに胸元に引き戻された。

「っ馬鹿、こんなとこでメガネ外すな！」

ゴシゴシと顔を拭われ、またメガネを掛けられた。

「あ、ありがとう……？」

よくわからないままお礼を言う。

隣で何故かハインツさんがニヤニヤしていた。

ハインツさんのこの笑みは苦手だ。大概ロクなことがない。見てるとなんかゾクゾクする。

ゾクゾクすると同時に忘れていた頭痛がぶり返してきて、ズキズキするこめかみをグリグリと揉《も》んだ。

「あれ、どうしたの？　頭痛い？」

「はあ、最近メガネの度が合わなくなってきたみたいで……」

「あー、きっと視力が回復してきてるせいだね」

回復？　度が進むならわかるけど、なんでだ。

「多分ほっといてもゆっくり視力回復すると思うけど、この際癒しの力でちゃちゃっと頭痛も視力も治しちゃえば？」

「ええっ⁉　そんなことできるんですか⁉」

「リナちゃんの目、生まれつきじゃなくて事故のせいだって前言ってたよね？　なら大丈夫、治せるよ。やってごらん？」

「……っこらハインツてめえ……！」

ホントに⁉　ホントに目が良くなるの⁉　瓶底メガネ卒業できる⁉

超やってみたい……！

早速メガネを外して、両目を手で覆って指先に意識を集中させる。

「癒しの光……！」

瞼《まぶた》の向こうに光と熱を感じる。

……これで視力回復した？　ホントに？

恐る恐る手を外して、辺りを見渡す。

おお、ホントに視力回復してる……！　見える！　超見えるよ！

うわーどうしよう嬉しすぎる！

……さっきまで賑《にぎ》やかだった騎士さんたちが、何故だか静まり返っていた。

みんな愕然《がくぜん》とした顔でこちらを見ている。

「え、リナちゃん？　……マジか……素顔やべー……！」

「嘘《うそ》だろ、めちゃくちゃかわ……！」

え、何？　私のメガネなしの顔、もしかして相当ヤバイ？

『かわ』って何？

「うーん、ある程度予想はしてたけど、ここまでとは思わなかったねー」

そしてやっぱりハインツさんの言ってることは意味がわからない。まだニヤニヤしてるし。

「ちょっと団長、そんな射殺《いころ》しそうな目で見るのやめて下さいよ。ずっと内緒にして独《ひと》り占めしたかったのはわかりますけどねー」

レオンさんがギリギリとハインツさんを睨《にら》みつける。

「……てめえマジで後で覚えとけよ……！」

ハインツさんはそれはもう楽しそうに笑ってみせた。

「覚えとけって？　そりゃもちろん。忘れるわけないじゃないですかこんな楽しいこと」

二、レオン団長の穏やかでない心情

なんだ、この性根の曲がったクソ女は。

アスタリア王国第二騎士団の団長である俺《おれ》、レオン・カートライトが『光の神子様《みこ》』とやらに初めて会った感想はそれだった。

見てくれこそ悪くはないが、巻き込まれて召喚されたらしい子供に対して態度が酷《ひど》すぎる。挙句身一つで放《ほう》り出そうとは、一体何を考えてるんだ。

その癖、男には媚《こ》びた態度を取る。王子とジュリアスが愛想良くその手を取るが、俺は近寄る気にもならず黙ってそれを眺めていた。

巻き込まれただけの、言わば被害者と言ってもいい少女を見やる。一つにまとめられた長い髪の毛は黒く艶々《つやつや》として美しいが、その顔はやたら分厚いメガネだけが目立つ。

身につけた漆黒の衣装は素材は上質なようだが身体《からだ》に合っておらず、どうにも野暮ったく見えた。

地味で大人《おとな》しく、垢《あか》抜けない少女。

それが彼女、リナの第一印象だった。

俺がこの騎士団に入団したのは、十歳の時だった。

物心つく前に母は病気で亡くなっており、騎士である父と二人で生きてきた。父はさほど剣技が優れているわけではなく出世とは程遠い平の騎士だったが、その穏やかな性格で他《ほか》の騎士からの信頼は厚く、皆の調整役として慕われていたと聞いている。惜しみない愛情を注いでくれた父を俺は尊敬していたし、将来は父のような騎士になりたいと希望を抱いていた。それを告げると、目尻《めじり》の皺《しわ》を深くして嬉《うれ》しそうに笑っていた父。

十歳になった頃《ころ》、そんな父が魔獣討伐の際に亡くなった。俺に伝えられたのは、父は仲間を助けるために勇敢に戦って果てたこと、相手は血のように凶々《まがまが》しい赤い毛の魔獣だったこと、そして、そいつの片目だけは潰《つぶ》したもののまんまと逃げられてしまったこと、それだけだった。

父を亡くした俺は見習い騎士として第二騎士団に入団することになった。本当なら十三歳にならないと入れないはずだったが、父以外に身寄りのなかった俺のために、父の同僚達が力を尽くしてくれたらしい。

その厚意を裏切らないために脇目《わきめ》も振らず日々努力と鍛錬を重ね、二十二歳になる頃には一部隊の隊長を任されるようになっていた。

そして、あの日の惨劇が起こった。

国境近くの森から現れた巨大な魔獣は、錯乱状態で多くの人々を蹴散《けち》らしながらあっという間に王宮近くまで迫り、人々を恐怖と絶望に陥れた。何とか仕留めようとする騎士達もそのあまりの巨大さと凶暴さに攻めあぐねていたところに、国境の警備の任に当たっていたため出遅れた俺達の隊が到着したのだ。暴れ回る魔獣の姿を目にしたその瞬間、俺は身体の奥底からゾクゾクと震えが湧《わ》き上がるのを感じた。

あり得ないほど成長を遂げた巨大な身体を覆う、凶々しいまでに赤い、血のような色の体毛。そして、明らかに剣によって潰されたその左目。

こいつだ。こいつが親父を殺したクソ野郎だ。

目の前が真っ赤に染まり、全身の血が瞬時に沸騰《ふっとう》した。

「てめえらみんなどいてろ！　そいつは俺の獲物だ……！」

気が付けば無謀にも一人飛び出していた。

――正直なところ、一体どうやって戦ったのか、ほとんど記憶に残っていない。

ふと我に返った時には、魔獣の脳天に剣を突き立てて、血まみれの状態で息も絶え絶えになって立っていた。そして、そのまま魔獣の頭からぐらりと転がり落ちて、意識を失った。

翌朝、目を覚ました時には、俺は『救国の英雄』として大袈裟《おおげさ》に祭り上げられていた。

たかが一匹の魔獣が暴れただけにも関わらず王都の被害は甚大《じんだい》で、その深刻さを誤魔化すために、明るい話題を振り撒《ま》く存在として利用されたのだ。一ヶ月後には俺は伯爵位と王都の屋敷、そして第二騎士団の騎士団長の肩書を受けることとなった。ただ父親の復讐《ふくしゅう》に走っただけの自分にそんなものを受け取る理由はない、と断ろうとしたが、英雄とされる俺が団長となれば第二騎士団の発言力も増すからどうか受けてくれと周囲に懇願されて、仕方なく受け入れた。

そして要《い》りもしない身分と迷惑なだけの二つ名を貰《もら》った途端、周囲の女共から異常なほどの数の秋波を受けるようになった。

爵位が魅力なのか、爵位に伴う国からの支給金が魅力なのか、あるいは英雄としての名声が魅力なのか。いずれにせよ俺自身を見ているとはとても思えない誘惑の数々に辟易《へきえき》した。女を抱いたことがない訳じゃなかったが、たまに同僚に無理矢理連れ出される娼館《しょうかん》で娼妓《しょうぎ》を相手にするのが精々で、英雄として騒がれるようになってからはそれすらも煩《わずら》わしくなって、足が遠のいた。

思春期を迎える前から第二騎士団という女の一切存在しない空間に身を置いていた俺にとって、女は得体の知れない存在でしかなかったし、剣以上の興味を抱けるものでもなかった。

きっと俺は愛や肉欲などといった衝動とは縁のない淡白な人間で、このままずっと一人で生きていくのだと思っていた。

そう、思っていたのだ。あの時までは。

「この部屋を使うといい。生活に必要な品はこの後副団長のハインツに備品庫へ案内させるから、そこから自由に持っていって構わない。何か不都合があれば俺かハインツに言えよ。じゃあな」

あの胸クソが悪くなるような召喚の儀の後、勢いでリナを第二騎士団に連れて帰ってしまった。暴力的なまでの理不尽に巻き込まれて、それでも唇を震わせ、泣くのを堪《こら》えて上を向いた姿に我慢ができなかった。

『光の神子様』には不興を買ったようだが、知ったことか。こんな頼りなげな子供を見捨てようなど、騎士道どころか人道にも反する。

とは言え、あまり甘やかしすぎるのも良くない。落ち着いたら下働きの手伝いでもさせようかと、そんな風に考えていた。

そしてその翌朝、見習い騎士の制服を着て現れたリナは、前日より随分とほっそりして見えた。召喚の儀の時はあの黒い衣服が身体に合っていなかっただけのようだ。見習い騎士の服もサイズは大きかったようだが、ハインツによると裁縫箱を借りて自分で調節し直したらしい。随分と器用なようだし、これなら下働きとして少しは役に立てるだろうと安堵《あんど》した。そして、成人するまでに、街に下りて一人で生きていくための道筋を見つけてやれば十分だろう、と。

だが、少しは役に立つだろう、などという彼女を甘く見た考え方は、良い意味ですぐに裏切られることとなった。

『少しは役に立つ』どころではなかった。リナの作るメシは、あまりにもうまかった。

二日目の朝食後、真剣な顔でリナが頼んできた。

「お願いがあります。今日からの食事、私に用意させてもらえませんか？　皆さんのお口に合わなければ一回限りで諦《あきら》めますので。取り敢《あ》えず一度作らせて欲しいんです」

特に拒む理由もないので好きに作らせてみたのだが。

はっきり言おう。

これまでの食事係には悪いが、俺たちが今まで食っていたのはメシじゃなくてエサだった。

リナの作るメシはそれくらい衝撃的だった。

騎士団にいる全員が感涙に咽《むせ》びながらリナの食事係就任を受け入れた。

こんなに幼いのにここまでうまいメシが作れるとは、異世界は実に恐ろしいところだと、戦慄《せんりつ》さえ覚えた。

結局、小さな身体でくるくると良く働く、素直で快活なリナを騎士団の全員が心から受け入れるのに、一週間とかからなかった。いつの間にか皆、リナのことを妹あるいは娘のように可愛《かわい》がるようになっていた。

リナは、俺の知る『女』とは違う存在だった。

俺が身分を得た途端擦り寄り媚《こび》を売ってきた奴《やつ》らとは違い、誰《だれ》に対しても同じように明るく素直で、俺や他の誰かに媚びることも一切なく、真面目《まじめ》でかつ勤勉だった。その癖やけに無防備で、無性に守ってやりたい気持ちをかき立てられる、不思議な存在。

俺に対しては助けられたことに対する感謝と尊敬の念を抱いてくれているようだったが、それ以上の不純なものは一切感じられず、基本的には全《すべ》ての者に平等だった。異世界の人間とはそういうものなのかと思ったが、王宮から漏れ聞こえる『光の神子』の悪評を聞く限りではそういう訳でもないようだ。だからこれはリナの持って生まれた性格なのだろう。その真っ直《す》ぐな性根が、俺にとっては非常に好ましいものに感じられた。

迂闊《うかつ》だった。

俺がそのことに気付いたのは、リナが来て十日目くらいのことだった。

夕食を終えてハインツと討伐について打ち合わせを行い、部屋に戻る途中、水瓶《みずがめ》いっぱいに水を汲《く》んでよろよろと歩くリナを見つけた。

ちなみにリナの部屋は俺の隣だ。それは、まだ幼いとはいえ一応は女だし、騎士どもの中に放り込んで万が一何か起きても困るというただそれだけの理由からだった。

「そんなもの抱えてどうした。何に使う気だ？」

「あ、レオンさんこんばんは！　これですか？　身体を洗うのに使おうと思いまして！」

「…………あぁ？」

聞けば、女用の風呂《ふろ》がないため、毎晩盥《たらい》に水を溜《た》めてそれで身を清めているのだと言う。

騎士たちの使う集団風呂はただでさえ狭いため皆短時間しか入れないのに、そこに自分が割り込んで一人で風呂を占領するわけにいかないからと。

「おまえ、もうすぐ冬だぞ!?　何やってんだ風邪《かぜ》引くだろうが！　俺の部屋に風呂付いてるから、今日からそれ使え！　命令だ！」

こいつはこういうところが問題だ。

人に甘えたり頼ったりすることを知らない。

別に意地を張っているわけではなく、ただ本当に『知らない』のだ。

聞いたところによると、リナは物心つく前に事故で両親を失い、両親の遺産目当ての親戚《しんせき》に引き取られたのだと言う。目が悪いのもその時の事故が原因だそうだ。そしてそこで奴隷のようにこき使われていたらしい。嫌がらせも日常的にあったようだ。

頼れる相手がいないままずっと生きてきたため、困った時に人に頼るという発想自体がないらしい。

そんな環境でよくここまで真っ直ぐに育ったものだと感心するが、それには祖母の存在が大きかったのだと言う。

身体が悪く、一緒に暮らすことはできなかったけど、唯一愛情をくれた大切な存在なのだと。

そしてこの地に召喚されたのが、その祖母の葬儀の日だったのだと。

いくら大切な祖母がいなくなったとはいえ、他にも大切なものや親しい友人なども沢山あっただろうに、『だから私、元の世界に大した未練もないので気にしないで下さい』と笑って見せるこの少女に、今俺が抱いているのはただの庇護《ひご》欲なのだろうか。

彼女の面倒を見るのは成人するまでの間だけのつもりだったが、いざ彼女が成人した時、快く笑って彼女を送り出すことができるかどうか、今の俺は既に自信がない。というか、今となってはむしろ面倒を見てもらっているのは俺達で、手放せないのは俺達の方なのではないだろうか。

まだ幼いはずなのに、苦労をしてきたせいか時折妙に大人《おとな》びた表情を見せるこの少女を、無性に抱きしめて甘やかしてやりたくなる衝動に襲われる瞬間がある。いくら素直で勤勉な性格が好ましいとはいえ、まだ年端もいかない子供に対して俺は一体何を考えているのかと己を責めてみても、この得体の知れない衝動が止《や》むことはなかった。


そして俺は、とうとうその時を迎えることとなる。


「すいません、お風呂ありがとうございました——……」

自室の机で書類仕事を片付けていると、背後の風呂場から遠慮がちな声が聞こえた。俺の仕事を邪魔しないようにという配慮だろう。

「明日からも遠慮しねえでここの風呂使えよ。留守にする時は鍵《かぎ》預けるからちゃんと……」

何気なく振り向いてそのまま俺は硬直した。

そこには、見たこともないような美しい女神がいた。

濡《ぬ》れた髪を拭《ふ》くのに邪魔だったのだろう、メガネを夜着の胸ポケットに突っ込んで、無造作にタオルで髪をかき回しているリナ。

初めて露《あら》わにされたその瞳《め》はこぼれ落ちそうに大きく、長い睫毛《まつげ》に彩られている。その輝きは、まるで今にも吸い込まれそうな、神秘の黒曜石。小さな鼻は形良く、滑らかな頬《ほお》は湯上がりでピンクに色づきながら完璧《かんぺき》な曲線を描き、これこそが神が与え給《たも》うた究極の造形ではないかとすら思えた。

なんでメガネ外しただけでこんな変わるんだ？

あのメガネには呪《のろ》いでもかかってんのか？

おまけに、胸が。

昼間はどうやってか押さえているらしい豊かな胸が、夜着を押し上げて見事な膨らみを主張していた。

俺は心の中で絶叫した。

子供だとばかり思っていたのに、なんてけしからんおっぱいしてやがるんだ……！

子供じゃねえだろこれ絶対！

「……リナ、おまえ年いくつだ……？」

「え？　年ですか？　十八ですけど」

「とっくに成人してんじゃねえか！」

思わず吠《ほ》える。

この国では十六歳で成人だ。結婚だってできる。

そう。結婚だって。

頭に血がのぼり、カッと頬が熱くなった。

「レオンさん？　どうかしたんですか？」

俺の様子がおかしいことに気付いたリナが、気遣わしげに俺の名前を呼ぶ。

紅もさしていないのに赤く濡れたような唇で、俺の名前を。

何だこれ。クッソ可愛いのにクッソエロい。

素直で料理が上手《うま》くて家事も万能でその上可愛くてエロいとかどんな奇跡だこれ。

やべえ、集まっちゃまずいところにまで血が集まりそうだ。

「……なんでもねえよ。それよりちゃんと髪拭いて寝ろよ。いくらバカでも風邪引くからな。腹出して寝るんじゃねーぞ」

何とか普通を装った声を絞り出す。落ち着け俺。

「ひどーい！　年齢聞いたのにまだ子供扱いですか!?」

「あーわかったわかった、大人の女はさっさと部屋に帰って寝ろ」

半ば無理矢理部屋から押し出して、扉を閉める。

閉めるなり、その場でしゃがみ込んで頭を抱えた。

「まじか、どーすんだ俺……」

まさかこの俺が。

愛や肉欲などといった衝動とは縁のない人間だと思っていた、この俺が。


こんな風に恋に落ちるなんて。


「ねえ団長、リナちゃんって、いろんな意味で興味深い子ですよねー」

食堂で、リナが風呂に入るため立ち去った後。

目の前でニコニコと油断ならない笑みを浮かべるハインツをジロリと睨《にら》み付けた。

「あんなに小さいのに家事は万能だし良く気が付くし、素直だし。あのやたら大きなメガネだけはちょっと頂けないけど、鼻や口のつくりを見る限り、実はメガネ取ったら結構可愛いんじゃないかって思うんですよね。団長はリナちゃんの素顔って見たことあります？」

なんて油断ならない奴だ。見てもいないのにリナの美貌《びぼう》に気付くとは。おまけにさっきはリナの胸がでかいことまで把握していた。恐ろしい。

「……余計なこと言ってんじゃねえ。明日の討伐の打ち合わせするんじゃねーのかよ」

不機嫌を露わに唸《うな》るが、まるでこたえた様子もない。

「あ、この肉も味付けが絶妙！　リナちゃんが来てくれてから、ご飯は美味《おい》しいし、体調はいいし、怪我《けが》人も少ないし、いいことばっかりですよねー。……不自然なくらい」

　不覚にも、一瞬身体がピクリと反応してしまった。

「栄養状態が良くなって体調が改善するのはまあわかりますが、傷の治りまで明らかに早くなってる。いくらなんでもおかしいですよね。団長だって気付いてたでしょう？」

「…………」

　沈黙は何よりの肯定。

　やっぱりこいつも気付いてやがったか。

「王宮にいる『光の神子さま』、最近何故《なぜ》だか力が衰えてきてるらしいですよ。原因はさっぱりわからないようですが、お陰で機嫌が悪くて周囲の人達はご機嫌取り大変だそうです」

「…………」

　これは僕の勝手な推測ですけど、と言い置いてハインツは続ける。

「あの神子もどきが力を使えたのって、長年リナちゃんと一緒に暮らして彼女の作った食事を口にすることで、彼女の力を取り込んでたからじゃないかと思うんですよね。で、離れて暮らすようになってそれが枯れてきた、と」

「…………」

「召喚された時、神子の力を試したのあの神子もどきだけでしたよね。リナちゃんは試しもせず除外された。今にして思えばありえない失態ですよね。僕、こないだ神殿で過去の文献を調べてみたんです。『光の神子様』って、ただそこにいるだけでも周囲を癒《いや》すことができるそうですよ。まさに今のリナちゃんみたいだと思いません？　いやーほんと、神殿と王宮はもったいないことしましたよねえ」

ニヤニヤすんな。ホントにこいつの笑顔はタチが悪い。悪魔か。

「……まだ確証があるわけじゃない。誰にもバラすんじゃねえぞ。それと」

ハインツを睨み付ける。

「たとえあいつがそうだったとしても、俺は今更あいつを手放す気なんざ更々ねえからな。覚えとけ」

すると、ハインツは何故だかやけに満足そうに笑ってみせた。

「もちろんですとも。僕も今更あの炭と塩の味しかしない食事に戻る気はカケラもないですからね。それに、団長のそれとはもちろん違いますけど、僕達だってみんなそれなりに彼女のこと気に入ってるんですよ？」

「……そうか。ならいい」

リナは、どうやら俺が思うよりはるかに第二の連中に受け入れられているらしい。

「……ところで、団長がそこまで執着するってことは、やっぱりリナちゃんってメガネ取ったら超可愛い感じですか？　教えて下さいよー」

「うるせえ黙れ。永遠にその口塞《ふさ》ぐぞ」

やっぱりこいつは悪魔だ。


やべえ。ついやっちまった。

あんなこと言われたもんだからつい。

香油を渡した時のリナの反応は予想以上だった。

「い、いいんですか？　ていうかもしかして、今日街に下りたのってこれを買うためとか？」

赤くなった頬を隠すように手を当て、口許《もと》を緩ませて『男の人からプレゼントとか、初めてだぁ……』と小さく呟《つぶや》く。

何だこれ。可愛すぎんだろ。

「あ、ありがとうございます……！　すっごい嬉しいです！　んもー、惚《ほ》れちゃいそうなくらい！」

『惚れちゃいそう』とか、お前それ男に言っていい台詞《セリフ》じゃねえぞ。

こっちはとっくに惚れてるっつーのに、ふざけんな。

「……別に、惚れてくれても一向に構わねえけど？」

だからつい、勢いでやってしまった。

肩を引き寄せ、唇を押し当てる。舌を突っ込みたかったが、そこは最後の理性でなんとか踏み留《とど》まった。

てめーに惚れてる男に、無防備なこと言うからだ。

少しは俺のこと男として意識しやがれ。

何もなかったかのような顔で立ち去るが、流石《さすが》に怖くてリナの顔は見られなかった。


異変に気付いたのは、森に入ってすぐだった。いつもより明らかに多い魔獣の数と、立ち込める甘ったるい匂《にお》い。

思わず舌打ちする。魔寄せ香だ。

第一騎士団がいるだろう南側では特に騒ぎが起こっていないから、恐らく俺たち第二騎士団を狙《ねら》ってのことだろう。

一体誰の恨みを買ったのやら。第二騎士団を弱体化させて自分達の立場を強くしたい第一のお坊ちゃんもしくはその親か、平民から伯爵まで上り詰めた俺を快く思わない貴族の誰かか。心当たりが多すぎて見当もつかねえが、こんな王城に近い場所で馬鹿《ばか》なことをしやがる。

「一匹も森から出すなよ！　ここで仕留める！」

部下たちに叫んで、剣を構えた。

「……っあーちくしょう、疲れた。早く帰ってリナのメシ食いてえ……」

果てしなく続くかと思われた戦いにも漸《ようや》く終わりが訪れた。視界の端では秋に入ったばかりの新兵が息も絶え絶えといった様子で膝《ひざ》をついている。

「おいこら、だらけんな。まだその辺に魔獣がいるかもしれねえ…………っ馬鹿伏せろ！」

ガキンッ！

魔獣の腕を辛うじて剣で受け止める。が、もう片方の腕を避《よ》けきれなかった。

脇《わき》腹を抉《えぐ》られつつ、剣を横薙《な》ぎに払って辛うじて魔獣を仕留める。

そしてそのまま頽《くずお》れた。

「す、すいません団長俺、俺が、俺のせいで……！」

「……下のモンの面倒見るのが俺の仕事だ。謝ってんじゃねーよ。これぐらいじゃ死なねーよ……」

隣でさっきの新兵が泣きじゃくっている。

だがこれは俺の油断が招いたことだ。こいつのせいじゃねえ。

……思ったより出血がひでーな。もしかしたらヤバイかこれ……？

そのまま意識を失いかけた時、傷口に添えられた細い指。

そして強烈な光が辺りを包んだ。


「ほらね、やっぱり僕の言った通りだったでしょ？」

ハインツのヤローが得意気に言う。確かに、お陰で命は助かったが面白くはない。

俺のへマのせいで、リナに神子の力があることがみんなにばれてしまった。

「……まさかこんな形でお前に助けられるとはな。ありがとう」

「うええ……レオンざん～。うあああ～……」

縋《すが》り付いて大泣きするリナ。

泣き方もうちょっと何とかならねえのか。

けれども子供みたいなその泣き方すら愛《いと》しい。しばらくして漸く落ち着いたのか、リナが顔を上げた。メガネを外して顔を拭《ぬぐ》おうとするのを慌てて止め、近くにあったタオルで乱暴に拭いてすぐにメガネを掛け直してやる。

ハインツのニヤニヤが悪化した。むかつく。

すると奴は、とんでもないことを言い出した。

「多分ほっといてもゆっくり視力回復すると思うけど、この際癒しの力でちゃちゃっと頭痛も視力も治しちゃえば？」

ふざけんなてめえ、一体何してくれてんだ！

俺の慌てる様子にも気付かず、リナがウキウキと両手で目を覆う。そして溢れる光。

ああ、ちくしょう全部バレちまった。

「え、リナちゃん？　……マジか……素顔やべー……！」

「嘘《うそ》だろ、めちゃくちゃかわ……！」

部下どもがざわつくが、ひと睨みで黙らせる。

「うーん、ある程度予想はしてたけど、ここまでとは思わなかったねー」

傍らのハインツをギリギリと睨み付ける。

「ちょっと団長、そんな射殺《いころ》しそうな目で見るのやめて下さいよ。ずっと内緒にして独《ひと》り占めしたかったのはわかりますけどねー」

ハインツてめえ、いつか殺す。

三．事の顛末と告白と

「ふおお……良かった、ちゃんと普通の目がある～……」

生まれて初めて、自分の素顔を鏡でまじまじと見てみる。

以前はメガネを外すと自分の顔すらよく見えなかったからなあ。

大昔のギャグ漫画みたく、数字の『3』みたいな目をしてたらどうしようかと思ったけど、思ったよりマトモな目で良かった良かった。

あの後、わかったこと。

レオンさんが怪我《けが》をしたあの日、魔寄せ香を焚《た》いたのは第一騎士団の騎士だった。

正確には、真由《まゆ》に命令された第一騎士団の騎士。

神子《みこ》の力が思うように使えず苛々《いらいら》が募るのに加えて、自分に楯突《たてつ》いておきながら自分の力を一切必要とせず討伐の成果を上げ続けている第二騎士団が気に食わなかったのだそうだ。

どうしてそれが明らかになったかと言うと、真由の神子としての力が消えてしまったから。

神子であるならともかく、何の力もない我儘《わがまま》で生意気なだけの女を庇《かば》う理由などないと、向こうから告白してきた。

そこまで言われるって、あの子相当我儘やらかしたな……。

ラブラブだって聞いてた第一の騎士団長さんも、力をなくした途端あっさり離れていったらしいし。

そして、私に神子の力があるらしいと聞いた大神官のザカリアさんが泡食ってやってきた。

水晶玉に手をかざして呪文《じゅもん》唱えるやつ。やってみたら超眩《まぶ》しく光ったわー。多分あの時の真由の百倍くらい。

地面にひれ伏さんばかりになってたけど、あの時神子じゃない認定されたお陰で第二騎士団に来れたわけなんで、別に怒ってないですよー。

第二騎士団には、下働きのメイドさんが多数入ることになった。

何故《なぜ》かと言うと、私が下働きやってた元騎士さん達の怪我を全部治しちゃったから。

怪我が治ったことで、騎士に復帰したり、怪我のせいでもう戦うのが怖くなったから他《ほか》の仕事に就くことにしたり。そんなこんなで下働きの人がほとんどいなくなっちゃうことになったのだ。

現在急ピッチで女性用のお風呂《ふろ》やトイレを建設中。騎士さん達が使用中にお邪魔するの気不味《きまず》かったから、トイレ超嬉《うれ》しい。

嬉しいんだけど、けど。

私はこっそりと溜息《ためいき》をついた。

いつものようにお風呂を借りて脱衣所を出ると、レオンさんは机に向かって仕事をしていた。

ちらりとこちらに目をやると、私の沈んだ表情に気付いたのか羽根ペンを置いてこちらに向き直る。

「どうした、浮かない顔して。何か悩みでもあんのか？」

「……あの、私、ずっと第二騎士団《こ こ》にいても大丈夫なのかなあって」

「……どういう意味だよ」

レオンさんが訝《いぶか》しげに眉《まゆ》を顰《ひそ》める。

「今まで私、自分で言うのもなんだけど、ここで色々お役に立ててたと思うんです。みんなご飯美味《おい》しいとか、破れた服縫ってくれて助かるとか、喜んでくれて、私もそれが嬉しくて。でも、今度ちゃんと教育されたメイドさんが来たら、素人《しろうと》の私なんか出る幕ないんじゃないかって。それに私、神子みたいだから、ここに居座ることでみんなに迷惑掛けちゃうんじゃないかって。第二《こ こ》に神子なんて必要ないって前レオンさん言ってたし、また私『厄介者』になっちゃうのかなあって……っだあっ!?」

思いっきりデコピンされた。

「馬鹿《ばか》かおめーは。何くだらねーこと考えてんだ。そういうふざけたこと言うのはこの口か？　あぁ？」

片手で両頬《ほお》をがしっと掴《つか》まれて、タコみたいな口にされた。割と痛い。

「あんだけ騎士連中に懐かれといて、出る幕ないとか何寝言ほざいてんだ。どんだけ優秀なメイドが来ようが、お前の代わりなんざいねえよ。自己評価低いのも大概にしとけ」

本当に？

レオンさんがそう言うのなら信じてもいいのかな。

少しは必要とされてるって。

ほっぺたから漸く手が離れる。

と思ったら今度はさっきデコピンされたおでこを優しく撫《な》でられた。

「……確かに神子は別に必要じゃねーな。俺たちが必要としてるのは神子じゃなくてリナだ。神子だから必要だとか、神子だから必要じゃねえとかそんなもんどうでもいい。難しいこと考えんな」

レオンさんの言葉が胸に染み込んでくる。

そっか。神子でも神子じゃなくても、私は私でいいんだ。

「……はい」

「よし、いい子だ」

こくりと頷《うなず》くと、頭をわしゃわしゃと撫でられた。見上げると優しい目。

全《すべ》てを見透かすような深い藍《あい》色の瞳《ひとみ》に見つめられて、頬に血が上ってしまう。

『必要』って言ってもらえた。元の世界でずっと『厄介者』だった私を。

好きな人に必要とされる幸せに、なんだか胸の奥がじんわりと暖かくなる。

ほっぺたが自然と緩む。きっと今の私はふにゃふにゃのだらしない顔をしてるに違いない。

「大体、メイドを入れることになったのはおまえが誰でも彼でも怪我を治しまくったせいじゃねーか。そもそもの原因がなにを言ってんだ」

「う……そうですよね」

仰《おっしゃ》る通りで返す言葉もありません……。

「それに、メイドは何人か入れることになってるが、料理人は入れないことになってる。何故だかわかるか？　第二《うち》の連中が皆、口を揃《そろ》えて『リナのメシがいい』って言ったからだぞ。皆の口を肥えさせた責任は取ってもらわねえとな」

レオンさんの言葉に目を瞬かせる。皆そんな風に思ってくれてたんだ。……嬉しい。

ふと、レオンさんが、何だか獰猛《どうもう》な感じの笑みを浮かべた。

「お前のこと『厄介者』なんてぜってー思わねーよ。ていうか、もしおまえが『ここを離れたい』って言っても離してやる気なんかねえし。惚《ほ》れた女をそんな簡単に逃がすかよ」

「はあ、そうですよね……って、え？」

多分その時私はよっぽど間抜けな顔をしていたんだろう。

レオンさんが苦笑いしている。

「そんなに意外かよ？　この前こんなことしたのも、もう忘れちまったか？」

ちゅ。

顎《あご》を掴まれ、口付けられた。前の時と同じく、押し当てられるだけですぐに離れていった唇は、私を混乱させるのに充分なものだった。

「な、なななな……！」

「思い出したか？」

コクコクと首を振る。そうだった。あの時、キスされたんだった。

「てっきりただの冗談だと思ってました……」

「冗談であんなことするかよ。俺《おれ》はそこまで悪趣味じゃない」

そんなまさか。私なんかをレオンさんが？

ありえない。夢でも見てるんじゃないだろうか。

レオンさんはそんな私の気持ちを見透かしたように笑った。

「どうせまた『私なんか』とか『ありえない』とか思ってんだろ」

う。何故ばれた。

「おまえが卑屈を拗《こじ》らせてんのは充分わかってるからな」

卑屈を拗らせてるって……。その通りすぎてぐうの音も出ない。恥ずかしい。

「これからおまえが信じられるまで何回でも言ってやる。好きだ。素直なとこも、意地っ張りなとこも、努力家なとこも、メシがうまいとこも、お人好《よ》しなとこも、可愛《かわい》いとこも、あと背が低いのに案外胸がでかくてエロいとことか……」

「ぎゃー！　やめてくださいわかりましたもう充分です……！」

慌てて両手でレオンさんの口を塞《ふさ》ぐ。

多分今私の顔は真っ赤だ。

なんか最後の方、内容がアヤシイ方向だったし……！

「納得したかよ？」

レオンさんが、私の顔を覗《のぞ》き込む。

ちょ、距離が近い！

「……えっと、その、まあ、正直今までそんなこと言われたことなんかなかったし、もしかしてこっちの世界は可愛いの基準がぶっ壊れてるんじゃないかとか、レオンさんの趣味がおかしいんじゃないかとか思ったりもするんですが」

「おい」

思い切って、言ってみてもいいかな。

「……でも、好きな人が、レオンさんが、私のこと可愛いって思ってくれてるんなら、それでいい、です」

言ってしまった。恥ずかしくて目を伏せる。

レオンさんの顔が見れない。顔が熱くて燃えそうだ。

調子に乗っちゃって引かれてないかな。

いきなり顎を掴まれて、噛《か》み付くような口付けが降ってきた。

隙間《すきま》から肉厚の舌がねじ込まれ、奥に縮こまっていた私の舌を絡め取られる。熱い舌に口腔《こうこう》内を蹂《じゅう》躙《りん》されて、身体《からだ》の力が抜ける。立っていられない。

「ん、んぅ、ふ……っ」

膝《ひざ》から崩れ落ちそうになった身体を、レオンさんが抱き止めてくれた。

「つはぁ……あ？」

気が付けば、そのままベッドに押し倒されていた。

ちゅ。ちゅ。

首筋に小さな口付けがいくつも落とされる。

「え、ちょっと待って、レオンさん！　いくらなんでも展開早くないですか……!?」

たった今、私勇気を振り絞って告白したとこなんですけど!?

「早くない。俺がどんだけ我慢してたと思ってんだ」

「ひぅっ」

噛み付かれて、変な声が出てしまう。

「毎晩毎晩、風呂上がりに無防備な格好で部屋をウロウロしやがって」

「そ、それはレオンさんがいいって言ったんじゃ……やあっ！」

む、胸の先っちょ指でぐりってされた……！

しかもいつのまにか前がはだけられてる……！

「……それに、素顔がばれちまった以上、さっさと手に入れちまわないと危なっかしくてしょうがないからな」

「え？」

「いやなんでもない。もういいから、グダグダ考えずに俺のものになっとけ。俺のことしか考えられないようにしてやるから」

そう言って、レオンさんが獰猛なケダモノみたいに笑って。

不覚にも私は胸がキュンキュンして、何も言えなくなってしまったのだった。


「……っふ……」

胸を揉《も》みしだかれながら、首筋を熱い舌が這《は》い回るのを感じる。ゾクゾクと痺《しび》れるような感覚が背中を這い上がってきて、身体が震えた。

「胸は大きいのに、ここは小さいんだな」

くにくにと両方の乳首を弄《いじ》られて、息が乱れる。

「……んんっ……変、ですか……？」

「まさか。すげー可愛い。もっと弄《いじ》りたくなる」

言いながら先端に口付けられ、そのまま口に含まれた。

「あ、あ、やあっ」

そのまま舌で舐《な》め転がすようにしゃぶられて、声が止まらない。

下肢の奥、秘められた場所がとろりと潤むのを感じて、羞恥《しゅうち》のあまり涙が滲《にじ》む。

さっきまで胸元を彷徨《さまよ》っていた手が夜着のズボンに伸ばされた。

ゆっくりと引き下ろされて、そして――

「……なんだこれは」

「あ」

視線の先にあったのは、私が穿《は》いてるボクサーパンツもどき（男物）。そういえばこの世界に来てからずっとこれだった。

「だ、だってこれしか持ってないから……っ」

恥ずかしくて涙目で言い訳する私。せめてこの世界に来た時穿いてたパンツ穿いときゃ良かった……！　でもあのパンツ、この世界来てからヘビロテしすぎて生地が薄くなってるし。うああ。

「……あー、そりゃそうだな。第二の備品庫に女物の下着なんかあるわけねーよな。今まで気が付かなくて悪かった」

「いえ……」

恥ずかしすぎる。こんな時に下着が男物って……！

そんな私の乙女《おとめ》心などお構いなしに、レオンさんがボクサーパンツもどきの中に指を潜り込ませてくる。

くちゅ。

恥ずかしい音を立てて、レオンさんの指がゆるゆると秘裂をなぞり、上の方にある一番敏感な突起を捉《とら》えた。

「や、ああっ……！　あ、あ、あ」

いやらしい水音を立てながら、レオンさんが蜜《みつ》を絡ませた指で突起を責め立てる。声を抑えられない。びくびくと腰が跳ねる。

「あ、だめ、だめ、そんなとこ触ったら、あんっ」

「……まあこれはこれでちょっと倒錯的で悪くはねーな」

なんだか聞き捨てならない台詞《セリフ》が聞こえた気がする。

「今度する時は、俺がちゃんと可愛くてエロい下着用意してやるから、ちゃんと穿いとけよ……？」

「やあんっ……！」

耳たぶを食《は》むように囁《ささや》かれて、仰け反る。

そのまま耳の中をぴちゃぴちゃと舌で犯された。上と下両方から響くいやらしい音にどうにかなってしまいそうだ。

「レ、レオンさ、恥ずかしいこと、言わないで……！　なんかレオンさんいつもと違う、やらしいですっ……」

「当たり前だろ。好きな女とこういうことしててエロくならねえ男がいるかよ」

突起を弄る指が速さを増す。蜜が後から後から溢《あふ》れて、グチュグチュと卑猥《ひわい》な音が響く。目の前がチカチカする。足がガクガク震えて止まらない。

必死で目の前の逞《たくま》しい身体にしがみついた。

「それにリナも、すげえエロくなってるぞ？　ほら、ここしとかぐしょぐしょでめちゃくちゃ可愛い」

「言わないでっ、てばぁ……！」

「もっとエロくて可愛いとこ、見せてくれ」

ぐり、と突起を押しつぶされて目の前が真っ白になる。

「や、あ、駄目、あああっ……！」

そのまま上り詰めて、弾《はじ》けた。


過ぎた快楽の余韻でまだ呆然《ぼうぜん》としている間に、ボクサーパンツもどきがするりと抜き取られた。

一糸纏《まと》わぬ状態になった私の顔中に、いつのまにか自分も衣服を脱ぎ捨てたレオンさんが宥《なだ》めるように優しいキスを繰り返してくれる。

「リナのイくとこ、すげえ可愛かった。もっと見たい」

なんか私、今日だけで一生分の『可愛い』を言われた気がする……。

こんなチビメガネ、じゃないや、チビを可愛いだなんて、レオンさんはやっぱりちょっと変わった趣味なのかもしれない。

でもいい。レオンさんにとって私が可愛くて、私にとってレオンさんはかっこいいんだから万事オッケーだ。

……あ、でも外で可愛いって言うのだけはやめてもらおう。勘違い女認定されてしまいそうだから。

「リナ、こんな時に考えごとか？　余裕だな」

「ひっ」

さっきまで優しかった唇が、首筋をきつく吸い上げて跡を刻んだ。

そのままいくつも首筋に赤い華を咲かせると、満足したのかレオンさんは指先と舌で身体中を辿《たど》り始めた。

「あ、そこ、駄目……っ」

「ここが弱いのか……じゃあここは？」

「やあっ」

背筋をなぞられて仰け反る。

さっきイったばかりの身体はいとも簡単にまた火が点《つ》けられた。普段なら何でもないようなところまで、触れられただけでビクビクと震えてしまう。身体中が性感帯になったみたいだ。

背筋を降りた左手がそのままお尻《しり》をするりと撫でて足まで到達すると、左膝の裏に手を掛けてぐっ、と持ち上げられた。

下肢の中心、蜜が溢れてはしたないことになっている、一番恥ずかしい場所が露《あら》わにされる。

「な、ちょ、嘘《うそ》、やだあっ……！」

あろうことか、そこを指で左右に押し開かれた。

「リナはこんなところまで可愛いな」

「そ、なわけない、やだ、見ないでぇっ……！」

恥ずかしさに目の前が真っ赤になる。身をよじらせて逃《のが》れようとするが、鍛え上げられた身体はビクともせず。

そのまま舌で舐め上げられた。

「いやあああっ……！」

慌ててレオンさんの頭を引き剥《は》がそうとするけど、一番感じる突起を舐め回されて力が出ず、レオンさんの茶色い髪を甘くかき乱すだけになってしまう。

自分の下肢から聞こえるぴちゃぴちゃという卑猥な音に、聴覚まで犯されている気がする。

頭にモヤがかかったみたいに、何も考えられない。

「あ、あ、あ、や……」

膣内《なか》にまで舌を入れられて、ジュルジュルとありえない音を立てて吸い上げられた。

「あああんっ……！」

腰が跳ねる。啜《すす》り上げられても、奥からどんどん蜜が溢れてきてしまう。

恥ずかしい。自分がこんないやらしい人間だったなんて知らなかった。

「あ、や、も、駄目……またイっちゃ……あ、ああっ!?」

再び上り詰めそうになった時、潤みきった蜜口に指が一本挿し入れられた。

いかにも剣を扱う者らしい節くれだった指でゆるゆると膣内《なか》を擦《こす》られて、初めての感覚に息を詰める。

「ん、ふ……く、あっ」

身体を強張《こわば》らせる私を宥めるように、レオンさんが淫《いん》核を舌で優しく転がしながら慎重に膣内《なか》を探る。

ふと、蠢《うごめ》く指がお腹《なか》側のある部分を突いた瞬間、身体が跳ね上がった。

「あ、あああっ!?」

「――――見つけた」

獰猛な笑みを隠そうともせず、レオンさんがその場所をぐりぐりと抉《えぐ》ってくる。

「あ、や、嘘っ、中、駄目、っああんっ」

いつの間にか二本に増えた指に容赦なく感じる場所を擦り上げられ、私はバネ人形のように何度も跳ね上がった。

熱い。全身が痺れを帯びたような感覚。

「こんなの、ヘンになる、やだ、イく、イっちゃう……！」

「イっていいぞ。何度でもイかせてやる」

「あ、やあああっ……！」

言葉と同時に突起を吸い上げられ、私はまた快楽の階《きざはし》を一気に駆け上がった。

「あ……うんっ……」

未《いま》だ痙攣《けいれん》を繰り返す膣内《なか》から、ずるりと指が抜かれる。

ぐったりと横たわって荒い呼吸を繰り返している私の上に、レオンさんが覆い被《かぶ》さってきた。

流石《さすが》にこの後の展開くらいは想像がつく。

とうとう挿《い》れられちゃうんだ……。

来たるべき痛みに備えて、ぎゅっと目を瞑《つむ》った。

「……怖いか？」

労《いた》わるような声に目を開けると、思いがけず真剣な瞳《め》にぶつかった。

「悪ぃ、怖がっててもやめてやれない。リナが欲しい。リナを完全に俺のものにしたい。好きだ。愛してる」

「レオンさん……」

これ以上ないくらいストレートな言葉に、痛みへの恐怖で強張っていた身体がほどけた。

全身に幸せな気持ちが広がっていくみたいだ。

目の前の整った顔を引き寄せて、自分から口付けた。

「ふふっ。ここまでしといて今更ですね。私もレオンさんが好きです。大好き。最後までして下さ……んっ」

今度の口付けはレオンさんから。唇を開き、初めて自分から舌を絡ませて、吐息を分けあった。

さっきレオンさんにされたみたいに歯列をなぞり、舌を擦り合わせようとしたけど、レオンさんに甘く舌を吸い上げられてあっという間に主導権を奪われ、下肢がまた疼《うず》き始めるくらい翻弄《ほんろう》された。

「ん……ふっ」

名残惜《なごり》しげに、唇が離れていく。

膝裏に手が掛かり脚を押し広げられて、潤んだ秘処が曝《さら》け出される。レオンさんの剛直が押し当てられた。

「挿れるぞ」

ゆっくりと、灼熱《しゃくねつ》の塊が押し入れられる。

あまりの質量に息が詰まって呼吸が上手《うま》くできない。

「あ、う、は……っ」

「……っ力抜け、ゆっくり呼吸しろ」

必死に浅い呼吸を繰り返し、力を抜こうとするが思うようにいかない。

「ひゃうっ!?」

レオンさんの指が、痛みに身体を強張らせる私の淫核を擦り上げた。

「あ、あぅ、んっ」

快楽で力が抜けた隙《すき》に、少しずつ身を進められる。それを何度か繰り返して、ようやくその全てが私の中に収まった。微《かす》かに鉄のような臭《にお》いがするのは、破瓜《はか》の血によるものだろう。

「あ……全部入った……？　ホントに……？」

「ああ、頑張ってくれてありがとうリナ。まだ痛いか？」

宥めるように頬に軽いキスが繰り返される。

「……少しだけ。でも、もう大丈夫だから……して」

恥ずかしさを堪《こら》えて、レオンさんの首筋に縋《すが》り付いて、耳元で囁いた。

レオンさんがゆっくりと動き出す。

まだ痛みが消えたわけじゃなかったけれど、自分の中に大好きな人がいて、その人に快感を与えているのが自分なのだと思うと、その痛みすら嬉しかった。

最初緩やかだった抽送が、段々と激しさを増していく。

「っふ……く……ぅんっ……」

痛みの中に、少しずつ快楽の火が灯《とも》り始めた。

穿《うが》たれ続けた膣内《なか》が痺れるような感覚に支配される。

そして、さっきレオンさんに見つけられた感じる場所を剛直の先で突かれた瞬間――灯りかけていた火が、爆《は》ぜた。

「あ、あんっ、なにこれ、だめ、ああんっ」

痛みが快感に塗りつぶされる。腰が勝手に揺らめいて、止められない。

気持ちいい。何これ気持ちいい。初めてなのにこんな。

「やだこれ、どうしよう、怖い、レオンさんっ、気持ちいっ……」

あまりの快感に、怖くなってレオンさんに縋り付く。

「大丈夫、もっと気持ち良くなっていい。俺に全部見せてくれ」

言いながらぐりぐり、と奥の深い場所を抉られて、目の前が白くなる。

「あ、レオンさん、レオンさん、好き、大好きっ……」

「……リナ、愛してる、全部俺のだっ……！」

ぐちゅぐちゅと耳を塞ぎたくなるような卑猥な音を立てて、レオンさんが荒々しく突き上げてくる。

「あ、あ、だめ、もうイく、レオンさん、レオンさ……ああっ！」

「くっ……リナっ……！」

身体の一番奥で熱いものが迸《ほとばし》るのを感じながら、私は意識を手放した。


明け方、目を覚ますとレオンさんの腕の中に抱き込まれていた。

ああ、そうだった。昨夜はレオンさんと……。

思い出すだけで頬が赤らむ。

自分の身体を見てみるとレオンさんが清めてくれたのか、汗や、口では言えない色々なもので汚れていたはずがすっかり綺麗《きれい》になっていた。足の間までさっぱりしちゃってるのが恥ずかしくていたたまれない。

そして羽織らされているシャツは、レオンさんのものだろうか。大きすぎて袖《そで》から指先すら出ない。

うわあ。これもしかして『彼シャツ』ってやつ？

ぎゃー恥ずかしい……！

なんかいかにも『恋人同士の初めての朝』って感じ！

しばらく恥ずかしさに身悶《みもだ》えた後、ベッドを下りようとぺたりと床に足をつけた。

「……どこに行く気だ。まだ朝には早い。ここにいろよ」

背後からレオンさんの声。

「いえ、私は朝食の準備をしないといけないのでもう行かないと。リカルドさんとアベルさんも来ますし」

この二人は、以前から食事の支度を手伝ってくれている元騎士さん達だ。もう怪我も治って騎士に復帰が決まっているけれど、後任のメイドさん達が来るまでは、と手伝いを続けてくれている。

腰に回されていた腕をさりげなく振りほどいて立ち上が……ろうとして床にぺしゃりと潰《つぶ》れた。

腰に力が入らない……！

原因にすぐに思い当たり、また頬を赤くする。よろよろしながらも自力で立ち上がった。

「大丈夫か？　今日くらい休んだらどうだ？」

「でも、そうするとリカルドさんとアベルさんに朝食の支度を全部任せることになっちゃいますよ？」

「……それは困るな」

過去の食事の悲惨さを思い出したのか、顔を顰《しか》めたレオンさんに私は吹き出した。

「今日も美味しい朝ごはん作るんで、待ってて下さいね。ちょっと洗面所お借りします」

とりあえず顔を洗ってさっぱりしようと、洗面所へ向かった。レオンさんの部屋は団長さんなだけあってトイレ・洗面所・お風呂がついてて素晴らしい。私の部屋は水回り一切ないもんなあ。

「身体が辛《つら》いなら、癒《いや》しの力を使ったらどうだ？　楽になるだろ」

まだ少しぎこちない動きの私にレオンさんが心配げに声を掛けてくれるが、私は首を振った。

「そんなの嫌ですよ、これだってせっかくのレオンさんとの思い出なのにもったいない」

うわ、自分で言って照れてしまった。

恥ずかしくて、急いで洗面所へ消える。

戻ると、レオンさんが顔を真っ赤にして硬直していた。

「すげえ殺し文句言われてるのにこのまま送り出せとか、拷問《ごうもん》だろコレ……」

「ところでこれ、どうする？　飲むか？」

我に帰ったレオンさんが、部屋を出ようとする私にコップと何やら薬らしきものを差し出してきた。

「何ですかこれ？」

「薬だ。避妊薬」

おおう。この世界にはアフターピル的なものがあるのか。そう言えば昨日ゴム的なものをしてた記憶がないわ。ていうか思い切り中に出……。

「の、飲みます。ください」

昨夜のことを思い出してしまい、赤くなりながら手を出す。レオンさんは何故かちょっと残念そうに薬を渡してくれた。

慌てて薬を口に含んで、コップの水を飲む。

「俺としては別にできたらできたで産んでくれてもいいんだが……」

ブホッ！

危うくせっかくの薬を吐き出すとこだった。

なんてこと言うんですかこの人は……！

「子供ができたら他の男どもを牽制《けんせい》する必要もなくなるだろうし、リナの子供ならきっと天使のように可愛いだろうな……」

なんかうっとりしているレオンさん。

堕《お》ろせとか言われるよりは百万倍いいけど、なにそれ怖い。

四・続・レオン団長の穏やかならざる心情

「あのー、団長。第一騎士団からいつもの手紙と花が届いてますが、どうしますか？」

「……ちっ。またかよ」

部下からの言葉に、思わず舌打ちする。

「いつもと同じだ。焼却炉に放《ほう》り込んどけ」

「わかりました！」

リナが神子《みこ》だとわかって以来、第一騎士団のジュリアス団長から、リナ宛《あて》に毎日のように花と手紙が届くようになった。

あのクソ女と恋人だったはずなのに、あの女が神子じゃないとわかった途端の変わり身の早さに呆《あき》れる。

流石《さすが》に他人の手紙の中身までは読んじゃいないが、まず間違いなく恋文だろう。

リナのことなんか何一つ知らないくせに、神子というただ一点だけでリナに近付き、利用しようとする奴《やつ》らに心底腹が立つ。

心優しいリナは、あんな仕打ちを受けたにも関わらず、浄化に協力してやってもいいと言う。そしたら第二のみんなや、罪もない一般市民の人々が危険な目に遭うことも少なくなるんだから、と。天使か。

今はまだジュリアスだけだから何とかなっているが、これから浄化のために人前に出る機会が増えたら一体どれほどの数の人間がリナに惹《ひ》かれ、近づいてくることか。

薄汚い奴らが権力で奪いに来る前に、早くリナを俺《おれ》のものにしてしまいたい。早く。早く。

「……でも、好きな人が、レオンさんが、私のこと可愛《かわい》いって思ってくれてるんなら、それでいい、です」

リナからの告白に、喉《のど》が干上がるほどの興奮を覚えた。

漸《ようや》く手に入れた目の前の少女は、湯上がりで上気した肌を更に赤く染めて、恥ずかしげに目を伏せている。

伏せられた瞳《め》は羞恥《しゅうち》に潤み、まだ濡《ぬ》れたままの髪から一雫《ひとしずく》の水滴がその滑らかな頬《ほお》を伝い――

気が付けば強引に唇を奪い、ベッドに押し倒していた。

柔らかな舌と唇を堪能《たんのう》しながら素早くリナの夜着の前を寛《くつろ》げる。日に全く灼《や》けていない透き通るような白い肌が現れて、思わず喉がゴクリと鳴る。

ウエストは柔らかな曲線を描きながらしなやかなくびれを形作っていて、その華奢《きゃしゃ》なラインと豊かな胸との対比がたまらなくエロい。

ふるりと揺れる胸の先端にあるピンク色の乳輪と乳首は慎ましやかで、しゃぶりつきたくなるような愛らしさだった。

触れたい欲求を抑えられず先端を摘まみ上げると、甘い悲鳴が上がる。

その声をもっと聞きたい。甘い吐息も嬌声《きょうせい》も、全部俺のものにしたい。

この国では身分が高いほど、結婚する際に女性の純潔を重視する。このままリナの全《すべ》てを手に入れてしまえば、そうすればもう誰《だれ》にも奪われない、俺だけのものに――

「もういいから、グダグダ考えずに俺のものになっとけ。俺のことしか考えられないようにしてやるから」

荒れ狂う内心を隠してそう言った時の俺の顔は、きっとケダモノのようだったに違いない。

リナは身体《からだ》中をさらに真っ赤に染めて、ふるりと身体を震わせた。


今まで夜着の上から想像するだけだった魅力的な乳房を、思う存分揉《も》みしだき、舐《な》めしゃぶる。

耳に響く甘い嬌声が心地良い。

リナと出会う前、自分のことを『愛や肉欲などといった衝動とは縁のない、淡白な人間だ』などと思い込んでいた滑稽《こっけい》な自分を嘲笑《あざわら》ってやりたい。俺はただ単に、己の全てをかけて愛したいと思う存在にまだ出会っていなかっただけだったのだ。そして今、その愛すべき存在を前にして、理性など何の意味も持たないことを実感する。

ひとしきり胸を堪能してリナをぐったりさせたところで、下肢を覆うズボンに手を伸ばした。羞恥心を煽《あお》るようにわざとゆっくり引き下ろすと——そこにあったのは色気も何もあったもんじゃない、騎士団支給の男物のパンツだった。というか、俺も今実際に穿《は》いている代物。

「……なんだこれは」

流石に絶句する。

「だ、だってこれしか持ってないから……っ」

涙目で訴えるリナ。

考えてみれば当たり前だ、第二《うち》の備品で全部賄《まかな》ってるんだから。

リナを第二で受け入れた時にそこまで気が回らなかったことを反省した。

「……あー、そりゃそうだな。第二《ここ》の備品庫に女物の下着なんかあるわけねーよな。今まで気が付かなくて悪かった」

謝りながら、下着に指を潜り込ませる。

そこは既に快楽の証《あかし》で泥濘《ぬかる》んでいて、リナに気付かれないようひっそりと口端を上げた。

「や、ああっ……！　あ、あ、あ」

ぐちゅぐちゅと、わざといやらしい音を立てながら弄《いじ》ってやると、可愛い声を上げながらビクビクと身体を震わせて悶《もだ》える。くそエロい。

「……まあこれはこれでちょっと倒錯的で悪くはねーな」

悪くはない。悪くはないが。だが。

「今度する時は、俺がちゃんと可愛くてエロい下着用意してやるから、ちゃんと穿いとけよ……？」

「やあんっ……！」

反応は予想以上だった。

今まで以上に甘い声を上げて仰け反る。

どうもリナは恥ずかしいことを言われるのに弱いらしい。

「レ、レオンさ、恥ずかしいこと、言わないで……！　なんかレオンさんいつもと違う、やらしいですっ……」

そんな涙目で可愛く抗議されて、止められる男がいるだろうか。

「リナも、すげえエロくなってるぞ？　ほらこことかぐしょぐしょでめちゃくちゃ可愛い」

「言わないでっ、てばぁ……！」

ついエロい言葉を連発して楽しんでしまった俺に非はない。はずだ。多分。

「あ……ぅんっ……」

ビクビクと痙攣《けいれん》を繰り返す膣内《なか》からゆっくりと指を引き抜くと、リナが力なく呻《うめ》いた。

ぐったりとしたリナの上に覆い被《かぶ》さると、この後何が起きるか察したのか、リナが痛みに耐えるようにぎゅっと目を瞑《つむ》った。よく見ると微《かす》かに震えている。

「……怖いか？」

幼な子のようなその様に、流石に罪悪感が芽生える。

「悪ぃ、怖がっててもやめてやれない。リナが欲しい。リナを完全に俺のものにしたい。好きだ。愛してる」

リナはしばらくの間俺をじっと見つめていたが、やがてふわりと笑うと自分から口付けてくれた。

「ふふっ。ここまでしといて今更ですね。私もレオンさんが好きです。大好き。最後までして下さ……んっ」

最後まで言わせず、今度は俺から口付けた。すぐにリナが唇を開いて舌を迎え入れてくれる。許された幸せを感じながら、甘い舌を貪《むさぼ》った。

「あ、う、は……っ」

きつく締め付けてくる膣内《なか》に、思い切り突き上げたい衝動を抑えながら少しずつ自身を沈めていく。

微かに漂ってきた鉄くさい香りに、リナの純潔を散らしたことを知る。突き入れた部分を見ると、赤いものがシーツを濡らしていた。

愛《いと》しい少女を、手に入れた。

「あ、レオンさん、レオンさん、好き、大好きっ……」

「……リナ、愛してる、全部俺のだっ……！」

絶対に誰にも渡さない。俺のものだ。

細い身体を砕けそうなほど抱きしめて、思いの丈を膣内《なか》に注ぎ込んだ。

五．第一騎士団長の来襲

「おはようございます！」

いつもより遅くなってしまい慌てて厨房《ちゅうぼう》に駆け込むと、リカルドさんとアベルさんがもう準備に取りかかってくれていた。

「おはようリナちゃん」

「遅くなってすいません、すぐ準備しますね！」

髪を一つにまとめて高めの位置で結び、手早くエプロンと三角巾《さんかくきん》を身につけた。

振り向くと、リカルドさんとアベルさんがなんだか生温《なまぬる》い笑みを浮かべてこちらを見ている。

「あー……そうなんだ。おめでとう、でいいのかな？」

「…………うわー、団長の執着半端ない……」

何のことやらさっぱりわからない。

「何がですか？」

「わからないならいいよ、俺《おれ》たちが下手《へた》なこと言ったら団長にぶっ飛ばされそうだ。さあ、早く準備しないと間に合わないよ？」

これ以上聞いても答えは得られそうにないので、諦《あきら》めて朝食の準備に取りかかった。

朝食をとりに現れた騎士さん達が私を見た時の反応は、二つに分かれた。

リカルドさん達のように生温かい笑みを浮かべる人と、ものすごいショックを受けたような顔をする人。

前者は割と年嵩《としかさ》のいった人が多く、後者は若い人ばっかりな気がする。

レオンさんが朝食の席に現れたので聞いてみたけど『そのショック受けてた奴《やつ》の名前教えろ。そいつらには今日は特別訓練を受けさせてやる』ってすごまれただけで、答えは教えてもらえなかった。

答えがわかったのは、昼食の時。教えてくれたのはハインツさんだった。

「ねえリナちゃん、首筋になんか激しくキスマークついてるけど、見せびらかしてるのか気付いてないのかどっちなの？」

「…………ぎゃあああああっ！」

一体何してくれてるんですかレオンさん……！

その後私は、髪を下ろしてマフラーのように首に巻いて過ごした。

そんなことしなくても癒《いや》しの力で消せばいいことに気付いたのは夜になってからで、綺《き》麗《れい》になった首筋を見たレオンさんは非常に面白くなさそうだった。

「俺との思い出だから癒しの力使うのはもったいないんじゃなかったのかよ……」

それとこれとは話が全く違いますから！


「……うん、大丈夫。見えるとこにはどこにも付いてない」

洗面所の鏡と小さな手鏡と両方使って、見えるところに変な跡がないか、後ろ姿まで念入りにチェックする。

見えないところはともかく、少なくとも見える範囲では大丈夫そうだ。そう、見えないところはともかく。

昨夜もお風呂《ふろ》の後当然のようにレオンさんに抱きしめられて、これまた当然のように首筋に跡を残そうとするのを必死に止めて。

結果、見えるような場所へのキスマークは回避したものの、服の下に隠れて見えなくなるような場所に沢山の跡を残されてしまった。

そしてそのまま、全身を蕩《とろ》かされて、なし崩しにいろいろ致されてしまった。

想いを確認し合ったのはつい一昨日のことなのに、こんな乱れたことになってていいんだろうか。

昨夜された『いろいろなこと』を思い出して一人赤面する。

「朝っぱらから何一人でエロい顔してんだ？」

「あ、レオンさん」

ふわりと、背後から逞《たくま》しい身体に抱き込まれた。

振り返ると、起き抜けでまだ寝癖がついたままのレオンさん。寝癖ついててもかっこいい。

私は目の前の精悍《せいかん》な顔をまじまじと見つめた。

秀でた額の下にある眉《まゆ》はきりっとして逞しく、意志の強そうな瞳《ひとみ》は吸い込まれそうな深い藍《あい》色をしている。高い鼻と薄めの唇はどこかセクシーで、こんな素敵な人が私の恋人になってくれるなんて、本当に奇跡みたいだ。

「すいません、起こしちゃいましたか」

「構わねえよ、せっかくだから朝メシ前にちょっと走り込んでくる」

うわー、私には間違っても出てこない発想。鍛えてる人はやっぱり違うな。

「ところでリナ、明日時間取れるか？　昼前から夕方くらい」

「明日ですか？　うーん、今日のうちに明日の分の食事も下拵《したごしら》えしておけば大丈夫だと思いますけど。どうしたんですか？」

「街に下りて買い物するぞ」

「へ？」

意外な発言に目を瞬かせる。

「あんな男物の下着穿《は》いてんの見て流石《さすが》に反省した。俺が気が付かないせいであんなの穿かせてて悪かったよ。女なんだから、女物の服とか下着とか必要なものだってあるに決まってるよな。俺に全部用意させてくれ」

「あ……ありがとうございます……」

申し出はすっごく嬉《うれ》しくて助かるけど、きっかけはパンツなのか……。ちょっと複雑。

「えっと、じゃあ明日は街で買い物デートですね。楽しみにしてます」

「デート？　……そ、そうか、そうだなデートだな！　楽しみにしてろよ！」

気を取り直した私の言葉に、レオンさんがあからさまに機嫌が良くなった。「そうか、デートか……。デートだよな確かに……」ってブツブツ言ってるのが聞こえる。

こんなにかっこいいのになんだか可愛《かわい》い。

ちゅっ。

こっちまで幸せな気分になってほっこりしてる間に、首筋に素早く吸い付かれた。

「ちょ！　レオンさん！　見えるとこはダメって言ったじゃないですか！」

「大丈夫、普通にしてたら見えねえとこだから。いざと言う時のための虫除《よ》けだから消すなよ」

納得はできなかったけど、確かに普通にしてれば見えなかったのと、急がないとまた朝食の準備に遅れそうなので諦めた。けど『虫除け』って何。

「ふぁー……。やっと終わったー……」

明日の下拵えを漸《ようや》く終わらせて、食堂の椅子《いす》で一息つく。

でもこれで安心してお出かけできる！

考えてみたら私、この世界に来てから神殿とこの宿舎しか知らないわ。街ってどんな感じなんだろう。楽しみ。

それに、なんて言ったたって、レオンさんとデートだし。

嬉しくてふふふ、と小さく笑った時、後ろから声を掛けられた。

「ちょっと、そこのキミ。ここに『光の神子』がいるはずなんだけど知らないか？」

振り向くと、どっかで見たような金髪。レオンさんのと色合いが違うけど同じタイプの騎士服で、しかも同じ徽章《きしょう》がついてる。ってことはこの人も団長だから……。

「……ん？　君は女性じゃないか。なんでこんなところに女性が……」

「あ！　真由《まゆ》の彼氏だった騎士団長さんだ！」

何か言いかけていたのを遮るように思わず叫んでしまった。

第一騎士団長さん、確かジュリアスさんだっけ？　が不快そうに顔を顰《しか》める。

「……過去の過《あやま》ちを蒸し返すのはやめてもらえないか。神子だと思うからこそ優しくしていたのに、とんだ見込み違いで私も迷惑を被《こうむ》っているんだ。……それにしても、こんな美しい女性《ひと》がこんなところに隠れていたとは……」

ほうほう。つまり神子だからってことで利用するべくせっせと真由をタラし込んだけど、神子じゃなかったから当てが外れたってことか。正直すぎていっそ清々《すがすが》しいな。最後の方何言ってんだかよくわかんなかったけど。

で、このタイミングでここに来るってことは私にターゲット変更したってことかな。

この感じだと、名乗った途端に口説いてきそうだなー。めんどくさいから他人の振りしとこう。

「え、えーっと、私ここに下働きで入ったばかりで、神子様のこと何も知らないんですごめんなさいホホホ」

こちらを食い入るように凝視してくるジュリアスさんに白々しい笑いを浮かべてぺこりと頭を下げ、そそくさと横を通り抜けようとする。と、突然強く手首を掴《つか》まれた。

「待って下さい美しい人……！　突然のことで驚かれたと思いますが、私は貴女《あなた》のその美しさに一目で囚《とら》われてしまいました。哀れな恋の虜囚《りょしゅう》となってしまった私に、どうか貴女のお名前を教えては頂けませんか……？」

他人のフリしたのに口説かれてる……！

何故《なぜ》だ。

なんで私は今こんな目に遭ってるんだろう。

「え、えーっと……。み、身分の低いワタクシ如《ごと》きが団長様に名乗るなんておこがましいことですのでどうかご容赦を……」

心の中で冷や汗をダラダラ流しながら何とかこの場をやり過ごそうとするけれど、私の手首を掴むジュリアスさんの手は一向に緩まない。

「そんなつれないことを仰らないで下さい私の女神よ。貴女の美しさの前では身分など何の意味も持ちません。ああ、いっそこのまま連れ去って閉じ込めてしまいたい……」

言いながら、うっとりと私の手の甲に口付ける。

「ひいい！」

全身にぶわっと鳥肌が立つ。

どうしよう、私が絶世の美女に見えてるとか、この人絶対ヤバいお薬かなんか飲んでる人だ……！

「その吸い込まれそうに美しい黒い瞳にどうか私だけを映す栄誉を与えて下さ……ん？　黒い瞳……？」

ジュリアスさんの手がふと緩んだ瞬間、背後から伸びてきた逞しい腕が私の手を取り返してくれた。

「――勝手に入り込んだ上に、第二《うち》の者にちょっかい出すのはやめて頂きたい」

「レオンさん！」

後ろから私を抱き込むように守ってくれているのはレオンさんだった。安堵《あんど》で身体の力が抜ける。

「変なのに絡まれてるんじゃねえよリナ。そいつが詰所を強引に抜けて入っていったって連絡を受けて慌てて探してたんだ。どうせ目当てはおまえだろうと思ったが、間に合って良かった……」

相手が騎士団長なだけに、詰所の騎士さんも制止できなかったらしい。

「待て、黒い髪に黒い瞳で、名前がリナだと……!? ではこの女神があの時の垢抜《あか》けないメガネ……!?」

垢抜けないメガネで悪かったな。

ちなみに、この世界に黒髪はまあいないこともないけど、黒い瞳の人はほぼいないそうな。黒髪＋黒い瞳＝異世界人らしい。

しっかしこの人さっきから思ったこと口から出すぎだけど、こんなんでよく騎士団長務まるなあ。そしてこんなのによく捕まったな、真由……。顔か。顔なのか。

気を取り直したのか、ジュリアスさんが媚《こ》びるような笑みを浮かべて再び擦り寄ってきた。

「まさか一目で恋に落ちた麗しい女神が神子様だったとは……やはりこれは運命ですね！ 私が毎日お送りしていた花と手紙は受け取って頂けたでしょうか？ 何のお返事も頂けないので、想いが募るあまりこんな風に急に押しかけてしまった私をお許し下さい」

いや、なんか色々おかしいから。ツッコミどころありすぎだから。

恋い焦がれて手紙送っといて顔知らないとかどうなのよ。

ていうかそんなもの貰《もら》った憶《おぼ》えがないんだけど……？

後ろのレオンさんを振り仰ぐと、実にわかりやすく目を逸《そ》らされた。あ、成程。

「……あー、とにかく早々にお引き取り願いたい。地位を利用して強引に他所《よそ》の宿舎に入り込むなど、騎士団長の振る舞いとは思えませんね」

わざとらしい咳《せき》払いを一つしてジュリアスさんに退出を促す。さっさと出ていけとばかりのその言葉に、ジュリアスさんが鼻白んだ。

「確かに勝手に入り込んだのは悪かったが、それは何度頼んでも神子様に御目通りさせてくれなかったからではないか！　まったく平民上がりは上の者に対する礼儀を知らんから困る！」

侮蔑《ぶべつ》的な言葉を吐かれるが、レオンさんは一向に動じない。

「貴方《あなた》がたが神子様にした仕打ちを思えば当然のことでしょう。あれだけのことをされてなお浄化に協力しても良いと言って頂けることに感謝して、少しは身を慎まれては如何《いかが》ですか？　浄化に関しては我々第二騎士団が神子様とともに行いますので、第一の方々は手出し無用です。それと、私は確かにたかが伯爵ですが歴《れっき》とした当主です。伯爵である私と、公爵家の嫡男とは言えまだ家督を継がれていない貴方とではどちらが上の立場かお分かりでないようだ」

言いながら、私をぐっと抱き寄せた。

「――――それに、他人の所有物《もの》に横から手を出そうとするとは、礼儀を知らないのはどちらなんでしょうね」

「え、ちょ、レオンさ……！」

見せつけるように額に唇を寄せ、私の襟元《えり》をずらした。

そこには、レオンさんが今朝つけたキスマーク。

『虫除け』ってそういうことか……！

鈍い私もようやく理解した。

「……っ貴様、神子様に手を出したのか!? 不敬な！」

「貴方にだけは言われたくないですね。ついこの間まで国中で熱愛を噂《うわさ》された方がいらっしゃったでしょうに、その方はどうされました？」

「……っ失礼する！」

ジュリアスさんはギリギリと歯噛《はが》みしてしばらくレオンさんを睨《にら》みつけていたが、踵《きびす》を返して足音荒くあっという間に去っていった。

「……一体、なんだったの……？」

呆然《ぼうぜん》とする私をレオンさんがさらに強く抱きしめ、髪に顔を埋めた。

「怖い思いをさせて悪かった。奴がおまえに手を出そうとしてるのはわかってたから警戒してたんだが、まさか無理矢理入り込んでくるほど馬鹿《ばか》だとは思わなかった」

「あー……確かにあんまり頭の回る方ではなさそうでしたね……だから余計に神子を利用して出世したかった、みたいな……？」

レオンさんがはー……と深い溜息《ためいき》をつく。

「あー、クソッ。やっぱリナを表舞台に出したくねえな。あんな馬鹿が他《ほか》にも湧《わ》いて出るかもしれねえと思うとムカついてしょうがねえ。浄化なんてどうでもいいから、ずっとここに閉じ込めておければいいのに」

「いやー……それはちょっとどう、かな……？」

レオンさん、実は結構束縛系……？

「そういえば、真由って今どうしてるかレオンさん知ってます？　さっきの人とお別れしたらしいってことしか知らないんですけど」

「あ？　ああ俺も詳しくは知らねえけど、城ん中の自分の部屋に閉じこもってるらしいぞ。もう使えなくなったとはいえ神子の力は一応持ってたわけだし、国民に派手に周知もしちまってるから神殿の方でも扱いに困ってるみたいだな」

「……そうなんですか……」

うーん。あの子のしたことでレオンさんが死にそうになった訳だし、それについて許す気は全くないんだけど、今の立場から考えると真由の方こそ私の召喚に巻き込まれた被害者なんだよね。このままでいいんだろうか……。

六．初めてのデート

「うわぁ、街が見えた……！　すごい！」

レオンさんの馬に一緒に乗せてもらって走ること二十分くらい。

目の前に現れたのは中世ヨーロッパみたいな石造りの街並みだった。言ってみればヨーロッパ村、とかそんな感じのテーマパークみたい。

街へ行くにあたって髪や目の色を隠さなくていいのか心配だったんだけど、黒髪と黒い目が神子《みこ》の特徴だっていうのを知ってるのは上の方の一部貴族だけで、街の人にはちょっと珍しいくらいにしか見えないから大丈夫って言われた。てっきりヅラとかフードとかを被《かぶ》らないといけないかと思ってたから良かった。

街の外れで馬を預けて、石畳の道を歩く。初めての乗馬でちょっとお尻《しり》と太ももが痛くなってたけど、それも気にならないくらい気持ちが浮き足立っていた。

「いっぱい買い物できるといいですね！　私、張り切って今までのお給料全部持ってきちゃいました！」

ポケットから自分で縫った巾着《きんちゃく》を出して見せると、レオンさんに呆《あき》れた顔をされた。

「物騒だからちゃんとしまっとけ。つか、今日は俺《おれ》が出すから金は持ってこなくていいって言っただろ」

「そんな訳にはいきませんよ！　どうせ今まで貰《もら》うばっかで全く使ってないし！」

賑《にぎ》やかに会話しながら、お店が軒《のき》を連ねる大通りへと入っていく。露店からは美味《おい》しそうなお肉の香りが漂い、大勢の人々が買い物や食事を楽しんでいて活気に溢《あふ》れていた。

「あ、これ……」

大通りの入口近くの露店で、思わず立ち止まる。

楕円形の石が一つついただけのシンプルな髪飾りを手に取った。

レオンさんの瞳《ひとみ》と同じ色だ。……欲しいな、これくらいなら買えるかな。けどこれから見て回る内にもっと欲しいものが出てくるかもしれないし、どうしようかな。

迷っていると手の中からひょい、と髪飾りが取り上げられた。

「親父、これをくれ。いくらだ？」

あれよあれよと言う間に頭上で勝手に支払いが成立し、手の中に髪飾りが落とされた。

レオンさんが楽しげに笑う。

「ほら、欲しかったんだろ？　俺の瞳《め》の色の髪飾り。なんなら今、つけてやろうか？」

「！」

一度手渡された髪飾りが再び取り上げられ、一つに結んだ髪の根元にパチン、と留められた。

全部見透かされていたことが恥ずかしい。

「……ありがとうございます。大事にします……」

真っ赤になって、消え入るような小さな声でお礼を言うと、くしゃりと髪を撫《な》でられる。少し離れたところで、女の子達のきゃあ、という悲鳴に似た声が聞こえた。


「まずは、女物の服を一揃《そろ》え買って着替えるか」

レオンさんの言葉に、目を瞬かせる。

「え、買いたいのは買いたいですけど、別に着替えなくても大丈夫ですよ？　時間もったいないし」

「ばーか、デートなんだろ？　可愛《かわい》い格好のリナと歩かせろよ」

「！」

一瞬で顔が真っ赤になる。

何それ、キュンキュンする……！　モテる男はやっぱ違うな！

フワフワした気分のまま、レオンさんに連れられて服屋さんの入口を潜《くぐ》った。

レオンさんに、街にいる女の人と同じような感じの服――ウエスト部分が胸下まで編み上げになったロングスカートとブラウス、それと普段の仕事にも使えそうなブーツを買ってもらって（自分で払おうとしたけど押し切られた)、フワフワした気分はそこまでだった。

「レオン様、街に出てこられるなんて珍しいですわね、レオン様にお会いできるなんて、今日はなんて幸せなんでしょう……!」

「レオン様、これからお暇ですか? お時間あるようでしたら是非私とお食事でも……」

レオン様、レオン様、レオン様。

試着室で着替えさせてもらって出てきたら、レオンさんは沢山の女の人に囲まれていた。皆さん獲物を狙《ねら》うハンターの目をしてらっしゃる。ぶっちゃけ怖い。

レオンさんのモテっぷりを甘くみてたわ……。

そりゃそうか。見た目が良くて優しくて、剣一本で平民から伯爵までのし上がった英雄で、しかも独身。普通の貴族相手だったら畏《おそ》れ多くて近付けないけど、レオンさんは元々平民だからもしかしたらいけるかもって思っちゃうんだろうな。モテない方がおかしいわ。

モテるのなんか当たり前ってわかってるんだけど、モヤモヤする。

「リナ、着替え終わったのか。良く似合ってる。じゃあ行こうか」

レオンさんに肩を抱かれて出ていく私に、女性陣の視線が突き刺さって痛い。まさか私がこんな嫉《しっ》妬《と》の視線に晒《さら》される日が来るとは思わなかった。

あんなのがなんでレオン様と、とか思われてるんだろうなあ。

「リナ？　どうかしたか？」

「え？　ううん、何でもないです。人が思ったより多くてびっくりしちゃっただけ」

その後も女性陣からの厳しい視線は減ることはなく、何故《なぜ》だか男の人たちの無遠慮な視線まで加わって、私はもやもやした気分のまま街を歩いた。


色々な日用品や衣料品、調味料なんかを買い回って、最後に入ったのは下着屋さんだった。

「流石《さすが》にここに俺は入れねえから、一人で好きなだけ見てこいよ。そこの噴水のとこで待ってるから」

半ば無理矢理銀貨を数枚握らされて、一人で店に入った。確かに、あんな目立つ男の人がこんな店に入ったら大事件だ。

そういえば初めての時『エロくて可愛い下着買ってやる』って言ってたけど、あれって本気なんだろうか。ていうかどうやって買うんだろ。元の世界みたいな、大人《おとな》の男の人向けのそういうお店があるとか……？

「いらっしゃいませ、どんな下着をお探しかしらー？」

ちょっと色んな意味で怖い想像をしていたら、いかにも面倒見の良いお姉さん、といった感じの店員さんに声を掛けられた。年は二十代半ばくらいだろうか。

「えーっと、普段使いの下着を何セットか欲しいんですけど。上はできれば胸の大きさを抑える感じの」

「あら、せっかく魅力的な胸してるのに隠しちゃうの？　……うーん、そうねぇ、もったいないけど、その顔にその胸じゃ思い切り犯罪呼んじゃいそうだから仕方ないわねえ。お姉さんがちゃんと選んだげるから安心しなさい！　だからもうこんな布っ切れで無理矢理押さえつけちゃダメよ絶対！」

お姉さんはあっという間に私からサラシをひん剥《む》いてテキパキとサイズを測り、丁度いいサイズの下着を持ってきてくれた。流石に元の世界の物ほど繊細ではないけれど、レースがあしらわれていて可愛らしい。どこの世界も下着って同じ感じなのね。久し振りの女の子らしい下着にちょっと気分が上昇した。

「ところで、こんなのもあるけど、どーお？」

持ってきたのはスッケスケのベビードールみたいな白いセクシーランジェリー。着たところで何一つ隠してくれなさそう。まさに防御力ゼロ。激しい。

目を白黒させてる私に、お姉さんが悪戯《いたずら》っぽく笑った。

「あなたさっきレオン団長と一緒だったわよね。……ちょっと前にレオン団長から香油、貰わなかった？」

「え、どうしてそれを……」

誰《だれ》も知らないはずの秘密を初めて会う人に知られていることに驚く。何でこの人がそんなこと知ってるの!?

「あのレオン団長が街で女性用のプレゼントを買った、ってすっごく噂《うわさ》になったのよー？　一体どんな相手に贈ったんだろうって。まさかこんなに可愛らしい子が相手だとは思わなかったけど。それに、その髪飾り。『レオン様が女の子に瞳の色の髪飾り贈ってた！』ってさっき来たお客様が絶叫してたのもそれのことよね？　うふふ、店の前で話してるの見たけど、あの方も恋人相手だとあんな甘い顔できるのね。いいもの見せてもらったわ」

真っ赤な唇が弧を描く。何だかすっごく楽しそう。

ちょいちょい、と指で外を指し示される。そこには、またもや女性に取り囲まれてるレオンさん。レオンさんはそっけない態度だけど周りの女性はめげる様子もなく話しかけていて、モヤモヤが強くなる。

「彼、すっごくモテるわよー？　たまにはこういうので恋人を繋《つな》ぎ止める努力も必要なんじゃない？あ、黒とか赤もあるけど、あなたには絶対白とか淡い色だと思うのよねー。どう？」

……その後、「応援してるから頑張ってね！」の声に送り出されて店を出た私の手には普通の下着数セットと、スケスケランジェリー（白）の入った紙袋が握られていた。何買わされちゃってんの私……。

その夜の私は明らかに挙動不審だった。

いつものように夕食と後片付け、朝食の下準備を済ませると、これまたいつものようにレオンさんの部屋へお風呂《ふろ》を借りに行く。いつもと違うのは……。

「どうした？　リナ。なんか様子おかしいけど大丈夫か？」

「ひいっ！」

声を掛けられて、驚きのあまり手に持っていた着替えを落としてしまった。

床に散らばるタオルと夜着と、白いスケスケのアレ。

「ぎゃあああああっ！」

慌ててスケスケの上に覆い被さるが、もう遅い。レオンさんの方を恐る恐る振り仰ぐと、そりゃもうあからさまにニヤニヤしていた。

「……へえ？　なんか面白そうなものが見えたけど、それ何だ？」

「え、え〜っと……」

ニヤニヤ笑いのレオンさんに、ありのままを白状させられてしまった。女の人に囲まれたレオンさんにヤキモチを焼いてしまったこと、それでつい下着屋のお姉さんの口車に乗せられてスケスケ下着を買ってしまったこと。

「ああ、なるほど、エレナに乗せられたのか。あいつのやりそうなことだ。今度あったら何か言われそうだな……」

「エレナって？　あの店員さんと知り合いなんですか？　……もしかして、元恋人とか……？」

恐る恐る聞いてみると、レオンさんは実に嫌そうに顔を顰《しか》めた。

「んなわけあるか。あいつは今も昔もハインツの恋人だ。来年結婚も決まってるらしいぞ」

女の集まる場所は情報の集まる場所でもあるから、ハインツの情報収集にも協力してるらしいな、と付け加えられてすごく納得。なんて言うか、実にお似合いの二人だ。

「まあ、こんなエロい下着をリナに用意してくれた点だけは感謝していいかもな。俺のために着てくれるんだろ？」

レオンさんの笑みに顔が引きつる。やばい。お風呂上がりにこっそりと着るつもりがいたずらに期待値を上げてしまった……！

「どうせおまえがエレナに買わされなくても、近々俺がエレナに直接頼んで手に入れるつもりだったモノだし、諦《あきら》めて俺を楽しませてくれ」

レオンさんのエロ下着入手予定ルート、そこだったのか！

大人の男の人専用ショップとかじゃなくて良かった……！

「……えーっと、そんな期待するほどのものじゃないと思いますよ……？」

諦め気味に一応予防線だけ張ってみたけど、レオンさんは楽しげに笑うだけだった。

「や、レオンさんっ、上から舐《な》めるのやだぁ……っ」

既に硬く勃《た》ち上がって存在を主張している胸の突起を、薄い生地の上から舐めしゃぶられて、悲鳴じみた声が漏れた。もう片方の胸は下から掬《すく》い上げるように揉《も》まれ、同じく布地越しに先端を人差し指と中指に挟まれてくりくりと刺激を受けている。

お風呂上がりに例の下着を身につけ、その上に往生際悪くいつもの夜着を着込んで出てきた私をレオンさんは速攻でベッドへ引きずり込み、夜着を剥《は》ぎ取った。例の下着だけはそのままで。

「つは……えっろ。見てみろよリナ。ここ、大変なことになってるぞ」

レオンさんの言葉に自分の胸元に視線を落とし、絶句する。

刺激を受けて勃ち上がり色を濃くした先端に、濡《ぬ》れてそこだけ色の変わった白い薄布がぴったりと貼《は》り付いている。あまりの卑猥《ひわい》さに目眩《めまい》がしそうだった。

「もう片方も同じようにしてやるよ」

「あ、あ、だめ、そんなっ」

止める間もなく指で弄《いじ》っていたもう片方に吸い付かれて、身体《からだ》が跳ね上がる。そのまま優しく舐め転がされて恥ずかしい声が止められない。

先ほど唾液《だえき》で濡らされたもう片方の布地が冷たくなって先端に触れるのすら刺激になって、頭の奥が痺《しび》れるようだった。

下肢の奥から熱いものがとろりと溢れるのを感じて、もどかしさに太ももを擦《こす》り合わせる。

「も、そこばっかりいや、下、触って……」

恥ずかしさを堪《こら》えて涙目で訴えると、ようやく指先が下肢へと降りてきた。

「ここもビショビショに濡れて生地の色が変わってるな。濡れてくっついて、中の形まで丸わかりだ。ほら」

「ひうっ！」

辿《たど》り着いた指先に下着の上から淫《いん》核をつかまれて、腰が跳ねた。指で強く擦り上げられて、あっという間に上り詰めてしまう。

「あ、い、イっちゃ……あああっ！」

ぐったりと身体を横たえながら荒い息を整えていると、耳許《もと》でくつくつと笑う声が聞こえた。

「随分早いな。エロい下着で自分でも興奮してんのか？」

あまりの恥ずかしさに全身が赤く染まった。

羞恥《しゅうち》プレイにも程がある……！

「もったいないけどちょっと邪魔だな。下、脱がすぞ」

言いながらゆっくりとショーツが引き下ろされる。

「うわ……糸引いてる。くっそエロ……」

感心したように言われて、耐え切れず両手で顔を覆い隠した。それでも足りなくてぎゅっと目を瞑《つむ》

る。

ぱさっ、と衣擦《きぬず》れの音がしてレオンさんが衣服を脱ぎ捨てている気配が伝わり、緊張が高まる。貫かれることで与えられるだろう快楽への期待に秘処がひくつくのが自分でもわかった。微《かす》かに震えながらその瞬間を待つ。

ぐいっ。

「きゃあ!?」

突然脇下《わきした》に手を入れられ、そのまま持ち上げられて、レオンさんの太ももの上に向き合う形で座らされた。普段なら身長差があるせいで、はるか上の方にあるレオンさんの顔がすぐ近くにあって、胸が高鳴る。よく見るとレオンさんの頬《ほお》も少し紅潮していて、興奮しているのが自分だけじゃないことに悦《よろこ》びが湧《わ》き上がった。至近距離で熱く見つめられて、夢見心地で首筋に腕を回し、自分から唇を重ねて舌を絡めた。

「あぅ……んふ……っ、レオンさん……好き……」

歯列をなぞられ、唾液を交わし合って頭がぼうっとしてくる。いつのまにか無意識に腰を揺らめかせて、レオンさんの雄と私の秘処をいやらしく擦り合わせていた。ぐちゅぐちゅといやらしい音が響き、その音に余計に煽《あお》られる。

「……自分で挿《い》れてみろよ。できるか……?」

快楽に掠《かす》れた声でレオンさんに耳朶《みみたぶ》を食《は》むように囁《ささや》かれて、熱に浮かされたみたいになりながら頷《うなず》いた。膝立《ひざ》ちになって逞しい屹立《きつりつ》に手を添え、私の一番熱くなっている場所へ導く。

「つは……んぅっ、や、入らな……っ」

太ももを伝うほどに濡れたそこがぬるぬると滑って、何度やっても上手《うま》くレオンさんを迎え入れられない。膝立ちの足がぶるぶると震え始めた。

「あ、だめ……無理っ、お願いだからレオンさん、もう、欲しいの、挿れてぇ……！」

「……っ！」

半分泣きながら首筋に縋《すが》り付くと、腰骨の辺りを掴《つか》まれて、熱い滾《たぎ》りで奥まで一気に貫かれた。

「あああっ……！」

待ち望んだ刺激に目の前が真っ白になり、背中を大きく撓《しな》らせて達してしまった。全身がビクビクと痙攣《けいれん》しているけれど、レオンさんの突き上げは止まらない。

「や、待って、イってる、今イってるからあっ……！」

「……っこの状態で止まれるわけねえだろ、散々煽りやがって……！」

いつのまにか前のリボン結びを解かれて剥き出しになった胸にしゃぶりつかれ、下からはガツガツと突き上げられて、涙を浮かべながら喘《あえ》ぐことしかできない。

「あ、だめ、もうだめ、おかしくなっちゃう……！」

「なればいいっ、俺はもうとっくにおかしくなってる……！　リナ、好きだ……っ！」

「あ、あ、レオンさん、大好き、あ、あああっ……！」

レオンさんの剛直がぐっと大きくなり、一番奥まで押し付けられて、膣内《なか》に熱いものが注ぎ込まれる。

一際大きな快楽の波に呑《の》み込まれて、意識が飛んだ。

「……リナ、リナ、大丈夫か？」

ベッドの上で、レオンさんにもたれかかった体勢で軽く頬を叩《たた》かれるが、朦朧《もうろう》としたまま現実に帰ってこられない。とろりとした眠気に襲われて段々瞼《まぶた》が下がっていく。

「……嫉妬したのは、別にお前だけじゃねえんだけどな」

レオンさんの声が遠い。

「俺が傍《そば》にいたから誰も近付いてこなかっただけで、どれだけ他《ほか》の奴の目を引き付けてたか、わかってんのか？　なあリナ……」

七．王子との出会い

「光よ……！」

叫ぶと同時に私の手から光が放たれ、靄《もや》のような黒い塊を包み込む。しばらく苦しげに蠢《うごめ》いていた黒い塊は徐々にその姿を小さくし、やがて跡形もなく消えていった。

何回やっても遅れてきた中二病みたいで恥ずかしいなコレ。でもこれで本当に瘴気《しょうき》の吹き溜《だ》まりが消えていくんだから恐ろしい。

なんとなーく身体《からだ》から力が抜け出ていくような感覚はあるんだけど、未《いま》だにほとんど実感がないのが正直なところだ。

「これが本物の神子《みこ》様のお力……！　おおお素晴らしい……！」

今回初めて私の浄化作業に同行した大神官のザカリアさんが、後ろで感動に身を震わせていてちょっとムズムズする。なんか今にも私を拝み出しそうで嫌だ。宗教にハマってる人みたい。……あ、大神官なんだからがっつり宗教の人か。

今日は王都に一番近い魔獣の森での浄化を行っている。この森に来るのは三回目で、もう後一、二回作業を行えばこの森の吹き溜まりはほぼ浄化できるらしい。

同じような森が各地に点在しているそうなので、まだまだ道のりは遠そうだ。

こちらに来たばかりの頃《ころ》は、別の世界から人を呼び寄せて浄化を丸投げするということが無責任に思えて仕方なかったけど、今では私みたいな異世界の人間に縋《すが》るしか術《すべ》がないことが気の毒にすら思えるあたり、私はもうすっかりこの世界に染まってしまったのかもしれない。

「なんと、この握り飯は神子様がお作りになられたと……!? おおお、なんとありがたくももったいない……! しかし第二の連中は何をしておるのだ！ 神子様にこんなことまでさせるとは！」

「あ、いえ、それは私が好きでしてることなんで……」

感動したり怒ったり、忙しい人だ。

大したこともないただの爆弾おむすびをそんなに有難がらなくても……。

浄化やりつつお昼の支度は流石《さすが》に無理がありそうなので、今日はおむすびを朝のうちに大量に握ってきたのだ。真ん中にがっつり唐揚げやら何やら入れてあるし、数もあるから騎士さん達のお腹《なか》もなんとか保つだろう。そもそも私がいない時は現地で獣を狩って焼いて塩振って食べる、究極のアウトドア飯だったらしいからそれよりはマシなはず。

「文句言いながらモリモリ食っててんじゃねーよ……」

レオンさんが隣でうんざりしたように呟《つぶや》く。

見た目結構なお年寄りなのにザカリアさんは次から次へとおむすびを平らげている。もしかして神殿の食事も結構アレなんだろうか。

「おお、そういえば言い忘れておったのですが」

漸《よう》く食欲が満たされたらしいザカリアさんが、お茶を飲みながらふと思い出したように口を開いた。

「今日は午後から王子が浄化の様子を視察に来られると仰《おっしゃ》ってましたよ。……ああ、もう来られたようだ」

「はあ!?」

遠くから微《かす》かに蹄《ひづめ》の音が聞こえる。

いやそんな大事なことうっかり忘れちゃ駄目でしょ！　最初の日の出来事から薄々感じてたけど、この人実務からっきしのただの宗教馬鹿《ばか》だ……！

突然王族の来訪を告げられて慌てふためく騎士さん達の前に、護衛騎士に囲まれた王子が姿を現した。騒めく周囲に動じる様子もなく、馬から降りると泰然とした笑みを浮かべてみせる。

周囲の皆が膝《ひざ》をついて頭《こうべ》を垂れるのを見て、私も慌ててそれに倣《なら》った。

「やあ、任務ご苦労様。今日は浄化の様子を少し見に来ただけだからそんなに畏《かしこ》まらなくていいよ」

にこやかにそう告げて周囲を見渡すと、俯《うつむ》く私の黒髪に目を留めたのか私の前までやってきた。

「君が神子殿かな？　召喚の際には我々の不手際で不愉快な思いをさせてしまい申し訳なかったね。もし良ければ今後は王宮で暮らしてもらえればと思うんだが……」

「いえ結構です。私は今の境遇に満足してますので」

顔を上げて即座に拒否する。レオンさんや第二のみんなと離れて王宮へ、なんて冗談じゃない。

上げた私の顔をマジマジと見つめた王子様は、面白いものを見つけたとでも言うように、喉《のど》の奥でくつくつと笑った。

「へえ、メガネを外したら大化けしたとは聞いてたけど、予想以上の変身振りだね。化粧して着飾れば更に化けそうだ。王宮に来ればそんな見習い騎士の服なんかじゃなくて綺麗《きれい》なドレスを着て、皆に傅《かしず》かれて暮らせるよ？」

「そういうのは間に合ってますんで」

にべもない返事に特に怒るでもなく、王子様はやれやれと肩を竦《すく》めて見せた。

「もう一人のお姫様はドレスと贅沢《ぜいたく》な暮らしにホイホイ釣られてくれたんだけど、君は難しいねえ。……まあその方が面白そうだけど」

ぞくっ。

この人、なんかヤバイ人な気がする。私に好意がある訳じゃなくて、新しいオモチャでどう遊んでやろうか、みたいな目をしてる。

微かに身体を震わせた私を、レオンさんが後ろから抱き留めてくれた。

「アルベルト王子、申し訳ありませんが神子様は午前中から浄化を繰り返しておられて少しお疲れのようです。少し木陰で休ませて差し上げたいのですがよろしいでしょうか？」

「ああそうだね、構わないよ」

王子様が鷹揚《おうよう》に頷《うなず》くと、ザカリアさんが呑気《のんき》に話しかける。

「では神子様が休まれている間にこちらの握り飯でも如何ですかな？　なんと神子様が手ずからお作りになられたものですぞ！」

「へえ、それは美味《おい》しそうだね」

……ザカリアさん……天然か……。

「大丈夫か？　こっちで少し休もう」

「あ、ありがとうございます……」

レオンさんに肩を抱かれて木陰に向かう私の背後に、アルベルト王子の声が掛けられた。

「ところで、素敵な色の髪飾りをしてるね。まるで誰《だれ》かさんの瞳《め》みたいに綺麗な色だ。もしかして誰かさんからのプレゼントかな？」

私の肩を抱くレオンさんの手に、力が込められた。

「……さあ？　ご想像にお任せしますよ」

レオンさんの答えに、アルベルト王子は楽しそうに笑い声を上げた。

「ふふっ、いいねえ。君がそんな風に動揺するのを初めて見たよ。ああ、そうだ。近々城で舞踏会が開かれるから、君たち二人も必ず出席するようにね。特に神子殿には頼みたいこともあるから」

「頼みたいこと、ですか？」

訝《いぶか》しげな声を上げると、アルベルト王子がにやりと口端を上げて見せる。

「こんなに人がいるとこじゃ内容は言えないよ。そこの団長が内容を察してるみたいだから、詳しくは後で団長に聞いてくれる？　じゃあ私はもう帰るから」

「え？　浄化を見に来たんじゃ……」

「そんなのただの口実だからいいよ。噂《うわさ》の神子殿を見てみたかっただけだから。……ふふふ、これから色々楽しくなりそうだなあ」

楽しげなアルベルト王子にぞぞ、と寒気が走る。

なんだか嫌な予感がした。


「実は、王のご容態が思わしくないんだ」

宿舎に戻ってからレオンさんが告げたのは、意外な理由だった。

「リファルス病という病気に長年苦しめられていらっしゃるんだが、近年それがさらに悪化したようでな。リナの召喚の際にも王は来られず、王子だけだっただろう？　意識はしっかりしているものの、最早《もはや》歩ける状態ではないらしい。あの女の癒《いや》しの力で一度は回復したそうなんだが、最近になってまた悪化したと聞いてるから、リナに何とかしてほしいんだろうな。知ってるのは一部の人間だけで公にはされてないことだから、あの場所では説明できなくてすまなかった」

「そうだったんですか……」

あの女、っていうのは真由《まゆ》のことだろう。

リファルス病とは、原因不明の奇病なのだそうだ。ある日突然身体の末端に痺《しび》れを感じるようになり、それが段々と全身に広がっていって身動きが取れなくなり、最終的には呼吸すらできなくなって死に至るのだと言う。

一度回復したのに何でまた悪化したんだろう。対症療法だけで、根本的な原因が治療できてないとか？　原因不明の奇病となると、とりあえず全身をくまなく治癒《ちゆ》してみるしかないだろうか。

舞踏会の名目で城に呼んで、人知れずこっそりと治療してほしいというのはまあわかるけど。

「……出席はいいですけど、私ダンスとか一切踊れないですよ……？」

「神子のお披露目も兼ねているだろうから、踊らない選択肢は残念ながらないだろうな。恐らく王子と踊らされることになるだろう。明日にでもダンス教師を手配する。これから正式な招待状が来るなら舞踏会は早くても半月後くらいだろうから、それまでに頑張って覚えてくれ。ドレスは王子が贈ってくれると言ってたが、俺《おれ》の方で手配しておく」

ひえええ……。

十八年生きてきて、まさか舞踏会なんてものに参加する日が来るとは思いもしなかったわ。ドレスなんて七五三ですら着た覚えがないし。まあそもそも七五三を祝ってもらった覚えもないけど。

「ちょうど宿舎の工事も終わって明日からメイドが大勢入ることになってるから、そいつらに仕事をある程度割り振って……ってそんな顔すんなよ。メイドが来たっておまえの居場所はなくならねえし、ダンスは王子の足踏んづけてやるくらいで丁度いい。おまえはおまえのできることをやればいいから」

私はよっぽど情けない顔をしていたらしい。レオンさんがくしゃくしゃと頭を撫《な》でてくれた。以前私がメイドさんたちが来ることを不安がっていたのを憶《おぼ》えてくれていたことに、少し嬉《うれ》しくなる。

「……はい。できる限り頑張ります」

せめてレオンさんに恥をかかせないよう頑張ろう。

最近、第二騎士団のみんなが浮き足立っている。

原因はわかりきっている。メイドさん達が来たからだ。

「アリスちゃん！　そんな重い洗濯籠、言ってくれればいくらでも持ってあげるよ！　物干し場までかい⁉」

「いやそんな奴《やつ》より俺が手伝ってあげるよ！」

「え、あ、あの……」

日頃若い女の子に免疫のない騎士さん達の目が血走らんばかりのアプローチに、若干引き気味なお嬢さん達。

「てめえら女が来たからって何浮かれてんだ！　訓練の時間過ぎてんぞこら！」

レオンさんの怒鳴り声が飛ぶが、騎士さんたちは怯《ひる》まない。

「えー、そりゃ団長には既にリナちゃんがいるからいいですけど、俺たちだって可愛《かわい》い彼女が欲しいんすよー」

「隙《すき》あらばリナちゃんとイチャついてる人に言われたくないっす」

「見せつけられるこっちの身にもなってほしいんですよねー」

騎士さんたちのじとりとした目。

……なんか雲行きが怪しくなってきた。矛先をこっちに向けないで。

「団長なんか、もう女風呂《ぶろ》完成してるのに未だにリナちゃん自分の部屋で風呂に入らせてるし」

「一緒に入ったりしてるかと思うと独《ひと》り身にはたまんないですよね……」

「まだ一緒には入ってねえよ！」

「ちょ！　レオンさんそこは否定だけでいいでしょ!?　何で『まだ』とか言っちゃってるんですか！」

騎士さんに噛《か》み付くレオンさんに、更に私が噛み付く。もはやカオスだ。恥ずかしすぎて消えたい。

メイドさんだって見てるのに！

恐る恐る振り向くと、メイドのアリスちゃんは何故《なぜ》か目をキラキラさせていた。

「ああ、やっぱり団長と神子様は噂通り深く愛し合っていらっしゃるんですね！　力が目覚めず打ち捨てられそうになったところを団長に救われて、団長の愛で聖なる力に目覚めた神子様……。なんて素敵なんでしょう……！」

……え、なにそれ。どこ情報……？

大筋では間違ってないけどそんなキラキラストーリーどっから湧《わ》いて出た。

聞けば、街では今結構な噂なのだと言う。アリスちゃん曰《いわ》く、『深く愛し合う二人に割り込む隙はない』んだそうだ。

メイド一同お二人の仲を応援します！　とまで言われて気が遠くなりそうだった。

「……噂の元はあいつらだな……」

「でしょうね……」

疲れたようなレオンさんの声に、同意を返す。

某副団長と某下着屋お姉さんのニヤニヤ笑う顔が脳裏に浮かんで消えた。


「お疲れ様ですリナさん！　パンは先ほど捏《こ》ね終わって発酵《はっこう》待ちです。次は何をしたらいいですか？」

精神的な疲労を抱えながらも昼食の支度のため厨房《ちゅうぼう》へ入ると、厨房《ちゅうぼう》担当として新しく入ってきたメイドさん二人が明るく迎えてくれた。

最初は「神子様」呼びだったのを、何とかお願いして今は名前で呼んでもらっている。

一人目はレベッカさん。年は二十歳すぎくらいだろうか。赤い癖毛をポニーテールにまとめた、元気なお姉さんだ。鼻の上に少し残ったそばかすが可愛い。

そしてもう一人はリリーさん。結婚してすぐに旦那《だんな》さんを魔獣に殺されたという、三十すぎのおっとりとした人。早くに旦那さんを亡くして苦労してきただろうに、それを微塵《みじん》も感じさせないしっとりとした美人さんだ。

「じゃあ、リリーさんはこないだ教えたように出汁《だし》をとって、野菜スープを作ってもらっていいですか？　レベッカさんは、カツサンドにしたいんでカツを揚げる準備をお願いします。それと、私今日も午後からダンスの練習があるんで不在になりますから、よろしくお願いします」

「わかりました！」

「あー、じゃあこっちは食器やカトラリー類を出しときますね」

もうすぐ厨房を引退して騎士復帰予定のアベルさんが声を掛けてくれた。こちらに顔を向けながらも後ろにいるリリーさんが気になって仕方ないようで、チラチラと視線を送っている。

アベルさんはどうやらリリーさんに恋しているらしく、その行方《ゆくえ》を見守るのが最近の密《ひそ》かな楽しみだ。リリーさんも満更でもない感じなんだけど、アベルさんがどうにも弱腰なのが気になる。

「……リリーさんに告白しないんですか？」

お皿を並べながらこっそり聞いてみたら、気弱な笑みが返ってきた。

「ははは、俺そんなにわかりやすかった？　そうしたいのは山々なんだけど、ほら俺、髪が最近ちょっとアレだから……」

どうやらアベルさんは髪が若干心許《もと》ないことを気にしてるらしい。アベルさん金髪だから薄毛でも全然目立たないし、ちょっとくらい髪が薄くてもアベルさんは充分かっこいいと思うんだけど、これぱっかりは本人の気持ちの問題だしなあ……。

あ。けど、もしかしたらいけるかも？

「アベルさんアベルさん、ちょっと屈《かが》んでもらえます？　駄目元で試してみたいことがあるんですけど。……『癒しの光』！」

その後アベルさんの告白は無事成功し、しばらくの間、夜更けにこっそりと私の部屋へ『癒しの光』を求めて訪れる騎士さんの姿が絶えなかった。

レオンさんは二人の時間を邪魔されて不本意そうだったけど、訪れる騎士さんの気持ちもわかるらしく、ずっと微妙な表情をしていた。

薄毛にまで効くとか、万能だな癒しの光。

八．舞踏会

毎日必死にダンスとマナーのレッスンを繰り返し、ようやくダンスの先生から合格を貰《もら》えたのは舞踏会二日前のことだった。ギリギリセーフ。

合格を貰ったその日に、レオンさんが手配してくれたドレスも届いた。多分レオンさんの瞳《ひとみ》と合わせたんだろう深い藍《あい》色のドレスは上品な光沢のある生地で出来ていて、ふわりと広がったスカートは正面の部分で縦に分かれ、中から白く繊細なレースを覗《のぞ》かせている。

ちなみにサイズはエレナさんに聞いて作った模様。

すっごく綺麗《きれい》だけど、これ完全に衣装負けするパターンじゃない……？　いや、せっかくレオンさんが用意してくれたんだから、どんだけ似合わなくても私は受けて立ちますとも！

さらにその翌日、つまり舞踏会前日には王子様からもドレスが届いた。鮮やかなエメラルドグリーンは王子様の瞳の色と同じで、レオンさんが「そんなことだろうと思った……！」と忌々しげに舌打ちしていた。何気にサイズぴったりなのが恐ろしい。高級そうだけど胸元はがっつり開いて無駄にセクシーだし、王子の瞳の色とか誰得《だれとく》なんで謹《つつし》んでご辞退申し上げました。

ダンスレッスンは終わったし、ドレスも届いた、あとは本番を待つだけだ。

ああ、舞踏会が何事もなく無事に終わりますように……！


「ね、ちょっと、コルセット締めすぎじゃない？　くるし……」

「何仰《おっしゃ》ってるんですか！　せっかくの細腰を強調しなくてどうするんです！　もう少し締めますよ！」

「ぐえ……」

アリスちゃんにドレスを着せてもらい、髪を結い上げて生まれて初めてのお化粧をしてもらってレオンさんを待つ。

メイドさん達は似合うって言ってくれたけど、レオンさんの隣にいて恥ずかしくないくらいには化けられてるだろうか。

身長差を誤魔化すために超たっかいヒールとか履いちゃってるけど、ちゃんと歩けるかな。

一人でぐるぐる悩んでいると、軽いノックの後ドアが開けられ、レオンさんが姿を見せた。

その姿に目が釘付《くぎづ》けになる。

「か……！」

かっこいいかっこいい何その服いつもと違う……！

てっきりいつもの騎士服に勲章とか付けるだけかと思ってたら、王子様みたいな服着てる！

ビロードのような上質な生地でできた襟《えり》の高いロングコート（後で聞いたところジュストコールと言うらしい）は黒地に銀の刺繍《ししゅう》が施されていてその逞《たくま》しい身体《からだ》を上品に包み込み、赤い裏地と黒のコントラストが更に優美さを際立たせている。

コートの下の長い足はシンプルなトラウザーズとロングブーツに包まれ、その長さをより強調するようだった。

リアル中世ヨーロッパみたいな短めズボンと白タイツじゃないことを密《ひそ》かに神に感謝しながら、私は夢見る眼差《まなざ》しでうっとりとレオンさんを見つめた。

レオンさんはこちらを見てしばらく眼《め》を見張るようにして硬まっていたが、やがて口端を上げてにやりと笑って見せた。

「舞踏会なんざ面倒くさい以外の何物でもねえが、リナのその姿が見られるなら出席する価値も多少はあるかもな。……よく似合ってる、すげえ綺麗だ」

「ほ、ほんと？　似合ってます？　変じゃない？」

不安になって聞いてみると、手を取って指先に軽く口付けられた。

「……正直、舞踏会で他《ほか》の奴《やつ》らに見せるのが惜しいくらいだ。できるならこのまま閉じ込めておきたい」

「え、あ、ありがとう……」

思いがけず情熱的な言葉が返ってきて、聞いた私の方が恥ずかしくなってしまった。しかも指先にキスとか！

後ろでアリスちゃんが黄色い悲鳴を上げていた。

「えっと、レオンさんもいつもと随分違いますね。かっこいいです」

「ん？　ああ、今日は騎士団長じゃなくて貴族としての招待だからな。堅苦しくて動きにくい上に剣も下げられなくて落ち着かねえけどしょうがねえ。用件済ませたらさっさと帰るぞ」

レオンさん的には不本意らしい。すごく似合ってるんだけどなあ。まあ私もこのドレス毎日着ろって言われたら困るしな。

「じゃあ行くぞ。できる限り俺《おれ》から離れるなよ」

「はい。よろしくお願いします」

差し出された手に、自分の手を重ねた。

が、頑張ろう……！

馬車を降りて、レオンさんに手を引かれながら会場へ入る。

一瞬会場が静まり返り、その後さざなみのように騒めきが広がった。

やばい、視線が痛い。超見られてる……！

「……今日俺が光の神子《みこ》を連れてくるってのは知れ渡ってるからな。注目されて居心地悪いだろうが我慢してくれ」

レオンさんの声に小さく頷《うなず》く。

幸いなことに皆遠巻きに見るだけで話しかけてはこなかったので、給仕さんから飲み物を受け取って、緊張で渇いた喉《のど》を潤しながら主催である王家の挨拶《あいさつ》を待つ。

途中でジュリアスさんの姿を見つけたけど、騎士服だったので警護の任務中だったからなのか、あるいはレオンさんの眼光が鋭かったせいなのか、こちらに近づいてくることはなかった。

程なくして楽団の音楽が鳴り響き、王族の方々が姿を現した。方々、と言っても現れたのは王子様ともう一人、気弱そうな女性のみだ。

「王子の隣にいるのは正妃のミランダ様だ。王子の母である前正妃が亡くなって、九年前に隣国から嫁いでこられた」

王子様の挨拶の合間にレオンさんから囁《ささや》かれ、正妃様に目をやる。

まだ三十にもなっていないだろうその女性は儚《はかな》げで美しく、アルベルト王子の奥さんと言ってもおかしくないくらい若々しかった。

「――ということで、不幸な行き違いがあったものの、無事我が国に光の神子をお迎えすることができた。これからは神子様のお力によって瘴気《しょうき》は打ち払われ、民が魔獣に命を脅かされることもなくなるだろう。……神子殿、こちらへ」

王子に促されて、覚悟を決めて隣へ歩み寄る。

ぎこちないながらも何とか淑女の礼を取ると、周囲から拍手が沸き起こった。

拍手が収まると同時に、楽団が音楽を奏で始める。

「では神子殿、貴女《あなた》とファーストダンスを踊る栄誉を私にお与え願えますか？」

「……ええ、喜んで」

どうにか引きつった笑みを浮かべて、差し出された王子の手を取った。

音楽と共にフロアへと踊りながら滑り出る。

引きつった笑みを顔に貼《は》り付かせたまま、必死でステップを踏んだ。

「私の贈ったドレスはお気に召さなかった？」

にこにこと笑顔で聞いてくる王子。目が笑ってない。怖い。

「とっても素敵だったんですけど、サイズが合わなくって。私もとっても残念です。うふふ」

「そうか、それは申し訳なかったね。では今度は髪飾りでも贈ろうかな。先日とても素晴らしいエメラルドの原石を手に入れたんだ」

「まあ！　私如《ごと》きにそんな、畏《おそ》れ多いですわうふふ」

サイズが合わなかったなんて嘘《うそ》っぱちなのをお互い承知の上で、空々しい会話を笑顔で交わし合う。

ダンスだけでも精一杯なのに、神経が擦り減る……。

「……君たち二人はいいねえ。私に対して全く媚《こ》びる様子がなくて」

「え？」

足元にばかり向けていた視線を上げる。王子はやっぱり何を考えているかわからない笑顔のままで言葉を続けた。

「私はね、この国の唯一の跡取りとして生まれてそれはもう大切に育てられてきたんだ。幸か不幸か生まれつき優秀で、しかも容姿にも恵まれていたから周囲の期待も高く、望んだものは何でも手に入ったし、願いは何だって叶《かな》えられてきた」

「え？　あ、はあ……良かったですね……？」

突然自分語りを始めた王子に、意図がわからなくて間抜けな返答をしてしまう。何が言いたいのこの人。

「正直、何もかも思い通りすぎて退屈で死にそうなんだよね。異世界から神子が来るって言うから少しは退屈凌《しの》ぎになるかと期待してたら、現れたのはいかにも性格の曲がってそうな鼻持ちならない女だったし。それでもジュリアスがモノにしたって言うから、手を出したら面白いかと思ってちょっかいを掛けてみたら、口説いたその日に身を任せてくるし、興醒《ざ》めもいいところだったよ」

うええええ……。真由《まゆ》……何やってんの……。

なんか頭痛くなってきた。

「君は実に面白そうでいいね。本当は美しいのにメガネで化けてた意外性と言い、私に媚びることのない気の強さと言い、私を楽しませてくれそうだ。私に媚びてこない人間なんて、君とレオン団長くらいのものだよ？」

「そうですか……ありがとうございます……」

くすくすと笑う王子と、もはや愛想笑いすらできなくなってぐったりした私。要するに私はいいオモチャってことか。

なんだかとんでもないのに目を付けられた気がする。

「……あなたみたいなのを私のいた世界では『小人閑居《しょうじんかんきょ》して不善《ふぜん》をなす』って言うんですよ」

「へえ？　それどういう意味？」

もう身分がどうとか知るもんか。ヤケクソな気分で言ってやる。

「『ロクデナシが退屈するとロクでもないことしかしない』って意味です」

王子は爆笑し、腹が立った私はステップを間違えたフリをして思い切り王子の足を踏んづけてやった。

永遠に感じられるくらい長かったダンスが漸《ようや》く終わり、王子と互いに礼を交わしてやっと離れることができた。

身体的にはともかく、精神的に疲れた……。

レオンさんを探して辺りを見回そうとした時、すっと横から右手を掬《すく》い上げられた。

「レオンさん……」

「リナ、今度は俺と踊って欲しい。——いいか？」

真っ直《す》ぐに見つめられて、胸が高鳴る。何これ、さっきまでの苦行に対するご褒美？

レオンさんダンスとか興味なさそうだから諦《あきら》めてたのに。

「——はい、もちろんです！」

王子の時とは違う心からの笑みを浮かべて、左手をレオンさんの肩先に添えた。

再び始まった音楽に合わせて、足を踏み出す。

「……レオンさんって、てっきりダンスとかそういうの嫌いなのかと思ってました」

力強い腕に身を任せながら話しかける。普段ほとんど踊る機会なんてないはずなのに、安定したリードで正直王子相手より踊りやすい。こういうのも体幹の強さとか運動神経がものを言うんだろうか。

「好きかどうかって聞かれたら、そりゃ確かに好きじゃねえけどよ。……だからってリナがあんな奴とだけくっついて踊って、俺とは踊らないってのはねえだろ」

少しだけ目を逸《そ》らして、ボソリと答える。照れているのか、耳がちょっと赤くなっていた。何それ可愛《かわい》い。

嬉《うれ》しくて頬《ほお》が緩むのを止められない。

「嬉しいです。せっかくの舞踏会、ホントはレオンさんと少しでいいから踊ってみたいと思ってたから」

レオンさんが軽く目を見開いた後、腰を抱く手にぐっと力がこもり、お互いの身体がより密着した。

今にもキスしそうなくらいの位置にレオンさんの顔があって、顔が赤くなる。

こ、これはいくらなんでも近い……！

人前での距離感じゃないですレオンさん！

「このままキスしたいとこだが、そうすると王子みたいに思い切り足を踏まれそうだからやめとくか」

レオンさんがにやりと口端を上げる。

「……あ、やっぱり見てました？」

「そりゃもちろん。なかなかの攻撃だった」

レオンさんに喉奥でくつくつと笑われ、私はますます顔を赤くした。

「あ、あの無愛想騎士団長が笑ったぞ……！」

「舞踏会に顔を出すのすら珍しいのに、あまつさえダンスまで踊って、しかも笑っただと……!?」

「あんな笑顔、わたくし達には一度も向けてくださったことないのに……！」

周囲の貴族達が驚愕《きょうがく》のあまり騒めいていたことなど、その時の私は知る由《よし》もなかった。

ダンスを踊り終えてバルコニーで休んでいたところに王の侍従だという人が迎えに来て、国王陛下の元へと案内された。

王宮の奥まった場所にあるその部屋は陛下の寝室らしく、侍従に促されて一歩足を踏み入れてその内装の豪華さに息を呑《の》んだ。

流石《さすが》王様の部屋……キンキラキンだ……。

家具は全《すべ》て精緻《せいち》な彫刻の上に金箔《きんぱく》が施され、飾られた花瓶や絵画はきっと名のある作家の作品なのだろう、溜息《ためいき》が出るほど美しい。

今回のことを知って集まっているのだろう、部屋に控えている数人が囲む中央には、天蓋《てんがい》付きのやはり金箔で飾られた大きなベッドが設《しつら》えてあり、全体に繊細な刺繍の施された掛け布の中に埋もれるようにしてその部屋の主《あるじ》がいた。

この人が国王陛下……。

年齢は四十すぎくらいだろうか。病のせいか酷《ひど》く痩《や》せたその顔はどことなく王子と似通っていて、血の繋《つな》がりを感じさせる。王子と同じ色のプラチナブロンドは失礼ながら地肌が見える薄さで、それが余計に陛下の窶《やつ》れた印象を強めていた。

若く健康だった頃《ころ》はさぞかし美しかっただろうその人物は、私達に気付くと目線を向け、表情を緩めた。

「そなたが神子殿か……。このように臥《ふ》せった状態のままで申し訳ない。私がこの国の王、オーギュストだ。今回は私の無理な要望に応《こた》えてもらってすまないな。レオン団長にも、余計な手間を取らせた」

「とんでもないことでございます。陛下のお役に立てることこそ臣としての喜びです」

恭しく頭を下げるレオンさんに倣《なら》って慌てて頭を下げる。

「は、初めまして、リナと申します」

陛下の一番近くに立っていた女性が進み出てきて、私の手を包み込むようにぎゅっと握った。

驚いて顔を見ると、ミランダ王妃だった。その頬は涙で濡《ぬ》れている。

「もう神子様のお力に縋《すが》るしか手段がないのです……！　お願いします、どうか王を、我が王をお救い下さいませ……！」

年の離れた男の後妻として嫁いできたというから、てっきり政略結婚で愛情なんてないのかと思えば、どうやらそうでもないらしい。涙に濡れた瞳の中には確かに王を想う気持ちが見えた気がした。

症状を詳しく聞いたところで医学の知識なんて全くない私に原因の見当がつくわけもないし、聞くことで変な先入観を持ってもいけないということで話を聞くのは早々に諦め、ひとまず右手に癒《いや》しの力を集中させて王様の全身をなぞる。

どんな不調も見逃《みのが》さないつもりでゆっくりと辿《たど》っていくと、腹部の真ん中辺りで指先が熱を帯びるのを感じた。

なんの臓器だろ。腎臓？　膵臓《すいぞう》？　正直なところ内臓の配置とか全然覚えてないけど、とにかく熱を感じた部分を集中的に癒していく。

ガンのように転移する病気の可能性も考えて、念のため全身をくまなく癒し終える頃には、真夜中近くになっていた。

「――終わりました。できる限りのことはしたつもりですが、しばらく様子を見て何かあれば教えて下さい」

「ありがとう、ありがとうございます……！　感謝いたします！」

ふう、と一つ息を吐いて立ち上がると、王の傍《そば》に詰めていた人々から感謝の声が上がる。王妃様は泣きながら王様の手を握りしめていた。

「私の力はあくまで元の状態に戻すだけみたいなので、先天的な要因で病気になってるなら再発の可能性もありますから慎重に様子を見て……」

ざわざわと廊下が急に騒がしくなり、言葉が途切れる。

振り向いた瞬間、バン！　と乱暴に扉が開け放たれた。

「莉奈《りな》！　なんであんたがここに来てるのよ！　ここはあんたのいる場所じゃないのよ！　さっさと帰りなさい！」

扉の向こうで鼻息荒く叫んでいるのは真由だった。舞踏会には出ていなかったはずなのに、私よりも派手な真っ赤なドレスときらびやかな宝石を身につけていて度肝を抜かれる。

「は、派手だね真由……。普段からそんなの着てて肩凝らない？」

「っ大きなお世話よ！　今そんな話してないでしょう⁉」

思わず問いかけたら烈火のごとく怒られた。

「大体ね、あんたが神子で私が一般人とかどう考えてもおかしいのよ！　あんたが私に何かして、私の力を奪ったんでしょう⁉　返しなさいよ私の力！」

いやそんなこと言われてもどうしろと……。

びしっ！　とこちらに人差し指を突きつけられても困惑するしかない。真由を押し留《とど》めようとしていた侍従やメイドさんも対処に困ってオロオロしている。

「……ふざけんな。力を使う度に高価なドレスだの宝石だのを要求してくる強欲女のおまえとリナを一緒にすんじゃねえよ。おまえみたいなのが神子じゃや国が滅ぶ」

立ち竦《すく》む私と真由の間に、レオンさんが割って入ってくれた。

て言うかドレスと宝石って……。

「確かに、マユ殿が神子であれば、魔獣に滅ぼされる前に財政難で国が滅ぶかもしれませんなぁ」

「なっ……⁉」

陛下の傍に控えていた重臣らしき人にも容赦ない言葉を突きつけられて、真由がワナワナと震える。

「そもそも、リナが今日何でここに来たと思ってんだ。おまえが以前治癒《ちゆ》し損ねた陛下を助けるためじゃねえか。てめえのミスを棚に上げてリナを攻撃してんじゃねえよ」

「ミスなんかしてないわよ！　あれはただ単に、もったいつけて何回かに分けて治癒したらもっといろんなモノがねだれるかと思ってわざと手を抜いただけで……あっ！」

真由がいかにもしまった、という顔をしたがもう遅い。

「――成程。そうやって贅沢《ぜいたく》の限りを尽くすつもりが、思いがけず神子の力が尽きて今に至る、というわけか」

その場にいる、陛下の取り巻き達が一斉に色めき立った。

「何だと!?　そんな下らない理由で陛下は今まで苦しんでこられたと言うのか!?」

「神子としての功績が少なからずあったとしても、今の発言は聞き逃すことはできんぞ！」

非難が渦《うず》巻く中、私は真由のもとへ歩み寄った。

今まで真由に逆らったことなんてなかった。自分に嫌がらせしてくる程度なら我慢できたし、命に関わるようなことはしてこなかったから。

でも、今の真由は変わってしまった。こんな、欲望のために命を軽んじるような人間じゃなかったのに。

大きく息を吸う。

「いい加減に現実に戻りなさい！　真由！」

突然の大声に、真由が呆然《ぼうぜん》とした顔で私を見る。

「な、あんた誰に向かってそんな口きいて……」

「誰にって、真由に言ってるに決まってるでしょ！　そりゃいきなりこんなファンタジーみたいな世界に来ちゃって、現実味がないのはわかるよ？　私だって最初そうだったもん。でも私も真由も現実として今ここに生きてるの。怪我《けが》もするし病気もかかるし、死ぬことだってあるんだよ!?　ここにいる人達だって同じ。今！　ここで！　現実に生きてるの！　贅沢がしたいからって人の命を弄《もてあそ》ぶみたいな真似《まね》するなんてどうかしてる！　この世界だって死んだら終わりだよ。ゲームの世界にいるわけじゃないんだよ!?　こないだの魔寄せ香の件だって、下手《へた》したら大勢の人が死んでたのに！　真由にとって命とか死がいつからそんな軽いものになったの!?　真由、あなた人殺しになりたいの!?」

「……………な……人殺しなんて私はそんな……」

大声で叫び疲れて肩で息をする私を、真由が愕然《がくぜん》と見つめた。目は限界まで見開かれて、身体がガクガクと震えている。

救いを求めるように周囲を見渡すが、冷たい目で見返されて絶望の表情を浮かべた。

ぐっ、と唇を噛《か》みしめたかと思うと、突然踵《きびす》を返して部屋の外へと走り去る。

「ちょ、真由……！」

慌てて追いかけようとした私の背中に、陛下からの声が掛けられた。

「――追わずとも良い。どうせ逃げる場所など自分の部屋くらいしかないのだから。マユ殿の処遇については追って私が決めて連絡する」

そこまで告げると、また力なくベッドに沈み込んだ。

「……痛みや息苦しさは治まったが、体力の衰えだけはどうにもならんようだな。暫《しば》し休む。皆の者、特に神子殿には今日は世話をかけてすまなかった……」

そう言って、ゆっくりと目を閉じた。


既に舞踏会も終わって、静まり返った王宮の廊下をレオンさんと二人で歩く。

防犯のためか、廊下には真夜中でも所々に灯《あか》りが灯《とも》されていて、薄暗いながらも歩くのに支障はない。

「……レオンさん、真由が力の見返りにいろいろ要求してたの知ってたんですね……」

「……ああ、一応リナの親戚《しんせき》だって言うからあんまり悪い話ばっか聞かせるのもどうかと思って言わなかったんだが、却《かえ》って嫌な思いをさせちまってすまない」

疲れたような呟《つぶや》きでレオンさんが律儀に謝ってきて、私は首を横に振る。悪いのはレオンさんじゃないのに。

「いいえ、悪いのは全部あの子なんです。気を遣わせちゃってすいませんでした。……あの子、これからどうなるんでしょう？」

いくら自業自得《じごうじとく》とは言え、自分の巻き添えでこの世界に飛ばされてきた親戚が命に関わるような目に合うのは寝覚めが悪すぎる。

最悪の想像が頭をよぎって、頭を押さえた私をレオンさんが支えてくれた。

「そればっかりは陛下のお考え次第だから俺には何とも言えないが……。それより本当に泊まっていかなくて大丈夫か？　疲れてるんじゃねえのかよ？」

遅くなってしまったから是非泊まっていってくれ、との王妃様の誘いは先ほど既に断っている。

レオンさんが心配してくれるが、私は首を振って否定した。

「こんな豪華すぎるところじゃ落ち着いて休めないし、それに、あの王子と同じ建物でなんて怖くて寝られないです」

「それは……まあ確かにそうだな……」

苦い顔で同意するレオンさん。私達二人の間では、あの王子は完全に危険人物だ。

「──嫌だなあ、私は紳士だから同意なく女性を襲うような真似はしないよ？」

背後から掛けられた声に背筋が凍る。ぎぎぎ、と音がしそうなほどぎこちなく振り返ると、やはりと言うか何と言うか、ニコニコ顔の王子がそこにいた。

「父上の治癒、無事に終わったんだって？　ありがとう。流石に主催者が舞踏会を抜けるわけにいかなくて、その場に立ち会えなかったのが残念だよ」

「い、いえとんでもない、お役に立てて良かったです……」

ニコニコニコ。

底の見えない笑顔が恐怖心を煽《あお》る。やっぱり怖い。

すっ、と右手を取られたかと思うと突然指先に口付けられて、危うく漏れそうになった悲鳴を辛うじて押し殺した。

「先ほどはゆっくり話す時間が取れなくて言えなかったけれど、美しく着飾った君はやはりとても魅力的だね。本当は私の選んだドレスを着た君を見られたら一番嬉しかったんだけれど、どうやら君の恋人は随分と嫉妬《しっと》深いらしい」

王子の目がきらりと光った気がした。

ひいいいい。

その話ぶり返さなくていいです！

恐怖のあまり取られたまま硬まっていた右手を、レオンさんがするりと取り上げてくれた。

さっき王子が口付けたさらにその上に、消毒だとでも言わんばかりにキスをする。

「ご理解頂けているのなら引き下がって頂けると有難いですね。彼女の全ては既に私のものです。妃《きさき》となるのに相応《ふさわ》しい純潔の乙女《おとめ》を探されるとよろしいかと」

言いながら背後から私の身体を抱き込み、あろうことか右手で胸を鷲掴《わしづか》みしながら耳朶《みみたぶ》に口付けた。

「ひゃう……っ!?」

そのまま耳の中に舌を入れられて、とんでもない声が漏れる。

な、な、人前でなんてことを……！

ていうかさっきの発言、『こいつは俺が食っちまったからもう処女じゃねーぞ』を丁寧に言っただけですよね!?

あ、今の話だとこの世界って高貴な人の奥さんになるなら純潔が必須《ひっす》ってこと？　だからレオンさん今敢《あ》えてこういうことしてるのか。

なら私も恥を捨てて頑張ろう……！

「そ……そうです、私は既にレオンさんのものですから、今更他の人のものになんてなれません！」

王子に向けてきりっと言い放つ。体勢と内容がアレなだけに、顔が赤いのは勘弁してほしい。

「んー、まあ貴族界の常識ではそうだけどさ、実際のところ処女だったかどうかなんて、当人達にしかわからないことじゃない？　私は別に君が非処女でも気にしないよ？」

……………ん？

なにやらおかしな方向に……。

「破瓜《はか》の証《あかし》なんて、獣の血でもシーツにつけとけばいい話だし、君なら癒しの力で再生できるんじゃない？　処女膜」

「しょ……!?」

あっけらかんと言われたその内容に絶句する。

ぜ、絶対嫌だ……！

「む、無理、変態……！」

思わず正直すぎる言葉が漏れた。

レオンさんは背後で『何で俺は今剣を持ってねえんだ。叩《たた》き斬《き》ってやりてえ……』とか小さく呟いてる。流石に王子は斬らないでほしい。

王子は「変態はちょっと酷いなあ」なんて言って楽しそうに笑っていた。

完全に遊ばれてる気がする。

「ああ、楽しかった。君達をからかって遊ぶのは今日はこの辺にしておくよ。仮にも父上の命の恩人だしね。……けど、君を手に入れたいと思ってるのは、本当だから。覚えておいてね」

再び食えない笑みを浮かべると、ひらひらと手を振って去っていく王子。

私は呆然とその後ろ姿を見送るだけだった。

九．独り占めされたい

「ん……」

まだ薄暗い中、ゆっくりと意識が浮上する。

うっすら目を開けると、いつもの部屋の見慣れた調度品。レオンさんの部屋だ。もしかしたら自分の部屋よりいる時間が長いかもしれないこの部屋はレオンさんの気配に溢《あふ》れていて、この世界で一番安心できる空間だ。

お腹《なか》の辺りに回された硬い腕と、背中に感じる温《ぬく》もりに後ろを振り返ると、未《いま》だ深い眠りについているレオンさんの整った顔があった。

このシチュエーションは何度経験してもドキドキするなあ……。

それにしても、いつ帰ってきたんだっけ？　帰りの馬車に乗った辺りからの記憶がない。

レオンさんを起こさないようゆっくりと起き上がって辺りを見回すと、ベッドの下にはドレスが脱け殻のように脱ぎ捨てられ、書き物机の上にはネックレスや髪飾りが散らばっていた。自分を見下ろせば、レオンさんのシャツ一枚を羽織っただけの姿だ。

……もしかして、馬車の中で寝ちゃったのをレオンさんが運んだり脱がせたり、いろいろお世話してくれたんだろうか。

ここまでしてもらって目が覚めないって、どんだけ寝汚いの私……。

自分のだらしなさに恥じ入りながらベッドから下りる。

流石《さすが》にお風呂《ふろ》までは手が回らなかったらしく、髪に触れると結い上げる時に使われた整髪料の名残《なごり》でゴワゴワに固まっていた。

舞踏会の翌日ということで、今朝は朝食の支度は手伝わなくていいことになってるのに、いつもの時間に目覚めちゃうあたり習慣ってすごい。

せっかくだからゆっくりお風呂に入ろうかな。この状況だと多分化粧もしたままだろう。どんなに遅くに帰ってきても化粧だけはちゃんと落として寝るようにアリスちゃんに言われてたのに、バレたら怒られるかも。

レオンさんを起こさないように共同風呂に行くかどうか迷ったけど、目が覚めた時に姿が見えないとレオンさんが心配するかもしれないので、申し訳ないけど部屋のお風呂を借りることにした。

自室からメイク落としと着替えを取ってきてから、蛇口を捻《ひね》ってお風呂に湯を溜《た》める。蛇口の上の部分に魔石が入っていて、そのおかげでお湯が出てくる仕組みらしい。こんな時間にも気兼ねなくお湯が使えるのは有難い。なんでも魔石は貴重なものなので、王宮や国の施設、あるいは高位貴族の屋敷くらいでしか使われていないそうだ。

なるべく音を立てないよう気をつけながら化粧を落とし、ゴワゴワの髪と身体《からだ》を洗い流した。

漸《ようや》く綺麗《きれい》になったところで、ゆっくりとお湯の中に身を沈める。揺らめく水面をぼんやりと見つめていると、昨夜の盛り沢山すぎるあれこれが思い出されて、思わず溜息《ためいき》がこぼれた。

……真由《まゆ》、何とかして元の世界に帰してあげられないかなあ。

すっかり善悪の秤《はかり》が狂ってしまった従姉《いとこ》のことを考える。

昔から優しいとは言い難い性格ではあったけど、あそこまでじゃなかった。神の使いのように扱われ、持て囃《はや》されることで何かが壊れてしまったみたいだ。

あの時、私に巻き込まれてなければこんなことにならなかったのに。私のせいで。

ここのところずっと不安に思っていた舞踏会が無事終わって気が抜けたのもあるんだろうか。普段そんなに簡単に泣くタイプじゃないのにいろんな思いがいっぺんに押し寄せてきてじわり、と涙が滲《にじ》む。それを拭《ぬぐ》う代わりにお湯の中にぶくぶくと頭まで沈み込んだ。

お湯に混じり合って溶けていくこの涙みたいに、嫌なことも全部流れて消えてしまえばいいのに。

突然、ものすごい力でお湯の中から引き上げられた。

「っリナ！　何やってる！　大丈夫か⁉」

「あ？　え？　レオンさん？　どうしたんですか？」

焦ったような顔のレオンさんに、パチパチと目を瞬かせる。

え？　何？

訳がわからない、という顔の私に、レオンさんが脱力して肩を落とした。

「ずっと聞こえてた水音が聞こえなくなって、心配してノックして声を掛けても返事はないし、開けてみたら風呂の中に頭まで沈んでたら溺《おぼ》れてるかと思うだろ普通……」

「……あ、ごめんなさい、多分頭まで浸《つ》かってたから聞こえなかったんだと思います……」

どうやら余計な心配を掛けてしまったらしい。

反省したところで、素っ裸で両腕を掴《つか》まれてバンザイ状態で引き上げられていることに気付き、大慌てでレオンさんの手を振り払うと浴槽《よくそう》の縁にしがみ付いて身体を隠した。

「心配掛けてすいません。ちょっといろいろ考えてる内に何となく潜りたくなって……子供みたいですよね。反省してます」

申し訳なさそうに見上げて謝ると、レオンさんが眉根《まゆね》を寄せながら私の目尻《めじり》に親指でそっと触れた。

「……目が少し赤くなってる。泣いたんじゃないのか？」

「え、そうですか？　きっとお湯が入っただけで……」

鋭い。ほんの少し泣きそうになっただけなのに、なんでそんな些細《ささい》なことに気が付くんだろう。

適当に誤魔化そうとして、思いがけず真摯《しんし》な瞳《め》にぶつかって言葉が途切れた。

「辛《つら》いことがあるのなら俺《おれ》に教えてくれ。リナが人に頼るのが得意じゃないことはよく知ってるが、一人で抱え込んで苦しむのだけはやめてほしい」

私のことを心から心配してくれているのが伝わってきて、胸がじんわり熱くなる。安心させるために明るい笑みを浮かべてみせた。

「大丈夫、そんなに深刻に悩んでた訳じゃないです。ただ、何とかして元の世界に帰る方法はないのかなあって考えてただけで……」

「帰る⁉」

レオンさんが愕然《がくぜん》と目を見開き、音がしそうなくらいピキッと凍りついた。

その反応で私も言葉が足りなかったことに気付く。

「あ、ち、違う！　違います！　帰るのは私じゃなくて真由です！　私は帰る気なんて全然ないですから！」

大慌てで言い募る私の顔を見つめ、それが誤魔化しじゃないことを理解したのか、レオンさんは私を抱きしめながら深い溜息をついた。

「……頼むから脅かさないでくれ。心臓が止まるかと思った。今更リナがこの世界からいなくなるなんて耐えられない」

抱きしめられた腕に力が込められるのを感じ、私も切ない気持ちになる。

「誤解させてごめんなさい。私もレオンさんのいない世界なんてもう考えられないです……」

目と目を合わせて、私から慰めるようにそっと口付ける。触れるだけの口付けを何度も交わすと、広い背中に腕を回して胸元に頬《ほお》を擦り寄せた。

「……本当にあいつを元の世界に帰したいのか？　もしその方法があったとして、リナはそれでいいのか？　今まで散々な目に遭わされてきたのに」

レオンさんの問いかけに小さく頷《うなず》く。

「されたことを許せる訳じゃないけど、あの子、この世界にいたらますます駄目になっちゃうと思うんです。私のせいでこの世界に来ちゃったんだから、私がある程度責任を持たないと。……それに、元の世界に戻ったところで、幸せになれるかどうかはまた別の話ですから。もしかしたらこちらの世界にいた方が良かったって思うかも」

多分真由はまだ知らないだろう、とある事実を思い返す。

元の世界のことまでは私の責任じゃないから、戻れたなら自力で頑張ってもらおう。

「……それと、もう一つ、あの子に元の世界に帰ってほしい理由があって」

むしろ、これの方が一番大きな理由かもしれない。

目を伏せて、小さく揺れる水面を見つめながらポツリと告げる。

「もしも元の世界のあの瞬間に戻れるなら、私の代わりにあの子におばあちゃんのお骨《こつ》を拾ってほしいんです」

「……お骨？　何だそれは」

レオンさんが訝《いぶか》しげに眉を寄せた。

「この世界での死んだ人の弔《とむら》い方は知らないんですけど、私のいた国では、誰《だれ》かが亡くなったらお葬式っていうお別れの儀式をして、その後遺体を火で焼いて、残った骨を拾い集めてお墓に入れるんです。私、おばあちゃんが焼かれてる最中にこっちに来ちゃったから、おばあちゃんのお骨拾ってあげられなくって。……真由、あんなだけどおばあちゃんにとっては私と同じ、大事な孫だったんです。だから、せめて私の代わりに拾ってもらえたらって……。私の下らない感傷なんですけど」

えへへ、と誤魔化すように笑ったら、レオンさんの腕にまた力が込められた。

「リナの一番大切だった人のことだろ？　下らなくなんかない。そんな大事な別れの時間を俺たちが奪ってしまったんだな……すまない」

「レオンさんが謝るようなことじゃないですよ。私、今こうしてるのが幸せだからいいんです。レオンさんに会えて良かったたって思ってるから。……レオンさん、大好き」

お互いのおでこをこつん、と合わせて笑って見せた。

「……くしゅっ！」

お湯から半分以上身体が出ていたからか、途中でついくしゃみをしてしまった。自分の肩に触れてみると、すっかり冷えきっている。

「悪ぃ、俺のせいで身体が冷えちまったな。もう一度風呂の中でゆっくり暖まってくれ。俺は部屋で待ってるから」

「あ、ちょっと待って下さい！」

立ち上がろうとしたレオンさんを慌てて引き留めた。

だって、私をお湯の中から引き上げたり抱きしめたりしたレオンさんだってかなりびしょ濡《ぬ》れだ。

「私はもう上がりますから、レオンさんこそお風呂使って下さい。かなり濡れてます」

「俺はいいんだよ。それくらいで風邪《かぜ》引くほどヤワじゃねえ」

「駄目ですってば！」

お互い頑固なので、譲ろうとしない。このまま見つめ合ってても埒《らち》があかないよね……。

「えーっと……。じゃあ、一緒に入ります？　お風呂……」

恥ずかしいのを堪《こら》えて、小さな声で誘いを掛けた。


バシャバシャと、お風呂の水面が波立つ。

恋人同士が一緒にお風呂に入って何事もなく済むはずもなく、案の定と言うか、私はレオンさんに身体中をまさぐられていた。

先ほどまで熱いくらいだったお風呂のお湯は時間の経過とともにその熱を失っていたけれど、そこに浸かって身体を絡ませている私達二人はまだお互い熱に浮かされているかのようだった。

「ん、ふぁ、駄目、レオンさ……ああっ！」

レオンさんの足に跨《また》がった状態で胸の先端をきつく吸い上げられ、啜《すす》り泣くような声を漏らす。すっかり勃《た》ち上がったもう片方の先端も指先でぴんと弾《はじ》かれて、悲鳴を上げて仰け反った。

「昨日の舞踏会で、どれだけの男が物欲しげにこのいやらしい胸を見てたかわかるか？」

「あ、あ、あぅ……そんなこと、ないっ」

両手で胸を揉《も》みしだきながら囁《ささや》かれるけど、与えられる刺激が強すぎて脳にまで上手《うま》く言葉が入っていかない。頭の中が快楽でいっぱいになる。息が乱れて、浅い呼吸しかできない。

「いくらしきたりとは言え、王子とおまえが踊るのを見てどれだけ俺がムカついてて、周りの男共をさりげなく牽制《けんせい》するのに苦労してたか知らねえだろ」

「あ、嘘《うそ》、知らなっ、だってレオンさん会場で普段通りだった……っ」

ダンスの時にちょっとだけデレてくれたけど、それ以外は全然普段と変わらなかった。ああいう時いつものレオンさんなら、もっとあからさまに独占欲を発揮してくれるのに今回はその様子もなくて、ちょっと寂しく感じるくらいだったのに。

強く掴まれていびつな形に歪《ゆが》んだ胸の先を舌先で突かれて、言葉が途切れる。

「あんな敵だらけの場所で無防備に感情晒《さら》せるかよ。ただでさえ平民上がりな上に、神子《みこ》を味方につけたってんで貴族連中にはよく思われてねえんだ。少しでも弱みを見せたら足元を掬《すく》われる。あそこはそういう場所だ。本当はあの時リナと踊るつもりもなかったんだが、王子と踊るとこを見てたらどうしても我慢できなくてちょっと失敗したな……」

レオンさんの右手が滑り下りてお尻《しり》をするりと撫《な》でた後、足の付け根に辿《たど》り着いた。

「このエロい胸も、細い身体も、感じやすいここも、全部俺のだ。誰にも渡さねえ」

「あああっ……！」

既に中から蜜《みつ》を溢れさせていた秘処に、いきなり二本の指を突き入れられて悲鳴が上がる。

私の身体を全《すべ》て知り尽くした指が、膣内《なか》の弱い場所を的確に捉《とら》え、刺激を与えてくる。

「あ、駄目、そこ、すぐにイっちゃ……んんっ！」

「王子や他《ほか》の貴族共だけじゃねえ、本当はおまえの従姉のあの女にだってムカついてるんだ。たとえ女でも、他の奴《やつ》にリナの心が占められるのは許せない。ましてや泣かせるなんて」

「あ、あ、あ……っ」

膣内《なか》を激しく抜き差しされる指に、全身がビクビクと震える。お湯の中だから水面が波立つ音しか聞こえないけれど、そうじゃなかったら指を埋め込まれた秘処からは、きっと耳を塞《ふさ》ぎたくなるような卑猥《ひわい》な水音が聞こえていただろう。

ぐっ、と一番感じる場所を強く抉《えぐ》られて、息が止まる。

「あっ、や、イ、イく、イっちゃ……あああっ！」

足の指をぎゅっと縮め、背中を大きく撓《しな》らせて絶頂を迎える。

頭の中が真っ白になり、膣内《なか》が収縮してレオンさんの指をぎゅっと締め付けた。

「あ、あ、は……っ、んぅ……」

ビクビクと痙攣《けいれん》して、まだ離すまいと食い締めている秘処からずるりと指を引き抜かれ、切なげな声が漏れる。ぐったりとレオンさんにもたれかかると、まだ息も整わないうちに頤《おとがい》を取られ、口付けられた。唇を割って入り込んできた舌に歯列から舌の裏までなぞられて、痺《しび》れるような感覚の中、縋《すが》るように広い背中へ腕を回した。

「あ……はぁ……」

漸く唇が離れていく頃《ころ》には、私は息も絶え絶えだった。レオンさんの肩に頭を預けながらハアハアと犬のように荒い呼吸を繰り返す。

鍛え抜かれた硬い腕で、背中が軋《きし》むほど強く抱きしめられた。

「自分がこんなに独占欲の強い人間だなんて、自分でも知らなかった。俺をこんな気持ちにさせるのはおまえだけだ。リナがたとえ嫌がっても、俺はきっともうリナを手離してやれないと思う。ごめんな、リナ……」

快楽に蕩《とろ》けた頭に届いた言葉に、ぼんやりとレオンさんを見る。

「それって、謝るようなことですか……？　私はそうやって独占されるの嬉《うれ》しいのに」

まだふわふわした感覚の中で、本音がつらつらと口からこぼれる。

「レオンさんが独占欲強いのなんて今更じゃないですか。私それが嫌だなんて一度も言ったことないですよ？　私、向こうの世界では厄介者扱いだったから、レオンさんにされること全部嬉しいです。向こうにも仲のいい友達くらいはいたし、おばあちゃんだっていたけど、こんなに強く私のことを想ってくれる人なんていなかった。……一方的な想いなら確かに迷惑かもしれないけど、両想いで、お互いのバランスが取れてるならいいんじゃないかって思うんですけど……レオンさん？」

目を見開いたまま硬まって動かないレオンさんに不安になって呼びかける。

突然、食らいつくように唇を奪われた。すぐさま舌が絡み付いてきて、思うがままに口内を蹂躙《じゅうりん》される。飲み込みきれない唾液《だえき》が口端からこぼれた。

やがて銀の糸を引いて唇が離れていくと、レオンさんが私の顔を正面から見据えた。

「……そんな風に俺を調子付かせて、後悔しても知らねえぞ……？」

ギラギラと獣のような目を向けられて、ゾクゾクする。強い執着が嬉しい。

独占欲が強いのはレオンさんだけじゃない、私もだ。私の全部をレオンさんのものにしてほしい。

早く抱かれて一つになりたい。

下肢の奥が疼《うず》いて、はしたなく蜜が溢れるのを感じた。

「――後悔なんてしないですよ、絶対に」

今度は、私の方から口付ける。

ちゅ、ちゅ、と口端に何度も小さな音を立てて繰り返しキスをしていると、レオンさんが獰猛《どうもう》な唸《うな》り声を上げた。

「……駄目だ、もう我慢できねえ。抱きつぶす」

「きゃあ⁉」

宣言と同時に、身体を強引に反転させられる。お風呂の壁に手を付く形で膝《ひざ》立ちさせられたかと

思ったら腰骨の辺りを掴まれ、いきり立った剛直で一気に貫かれた。

「あぁぁぁっ！」

強烈な刺激に悲鳴を上げて仰け反る。奥まで荒々しく突き上げられて、脳天まで痺れが突き抜けた。

バシャバシャと派手に水面が波立つ。

「ぅあ、あ、そんな、駄目、イイっ、駄目ぇ……」

「くくっ、いいのか駄目なのかどっちだよ」

頭のネジが飛んじゃって、自分でも何を言ってるのかわからない。

譫言《うわごと》みたいな言葉を笑われて、頬に血が上る。

熱くなった頬を冷やしたくて上半身を壁に押し当てると、冷んやりした壁に乳首が擦《こす》れて、それすらも刺激になってどうにかなりそうだった。

「あぁっ、あ、あんっ、あっ」

屹立《きつりつ》の、傘《かさ》の張り出した部分で膣内《なか》をかき回すようにされて、もう意味のある言葉が出てこない。

いやらしい嬌声《きょうせい》がお風呂場に大きく響いて、余計に羞恥心《しゅうち》を煽《あお》った。

「——ひゃうっ⁉」

レオンさんの指に淫《いん》核を摘まれて、全身がびくりと揺れる。そのまま捏《こ》ね回しながら腰を使われて、あまりの気持ち良さに膝立ちになった脚がぶるぶると震え出した。

「あ、どうしよ、イっちゃう、レオンさん、イっちゃう、気持ちい、気持ちいい……っ！」

「イけよ、何回でも。俺も、もう出るっ……」

耳元で熱く囁かれて、思わず膣内《なか》をぎゅっと締め付けながら達してしまう。レオンさんの剛直が一回り大きくなったかと思うと、膣内《なか》に熱いものが注がれるのを感じた。

「あ、あ……」

壁に縋り付いていた腕の力が抜けて、お湯の中に沈み込みそうになったところをレオンさんが抱き留めてくれた。そのままお湯の中で後ろ抱きに座らせてくれる。それはいいけど。

「あ、あの……も、抜いて下さ……」

まだ挿入《はい》ってる。しかも硬度を保ったまま。

戸惑いながら振り向くと、レオンさんがニヤリとタチの悪い笑顔を浮かべた。浮力を利用して私の身体を持ち上げ、勢いよく硬いままの屹立の上に落とす。

「やあああっ！」

イったばかりの身体には刺激が強すぎて、全身を突っ張らせて絶叫した。そのままウエストをがっしりと掴んで上下に揺さぶられる。

「や、あ、あ、またイっちゃう、駄目、駄目、ああんっ……！」

「抱きつぶす、って言っただろ？　俺を調子付かせた責任は取ってもらわねえと」

その後お風呂の中でもう一回、ベッドの上でも更に二回レオンさんに挑まれた私は午前中動けず寝たきりになり、レオンさんは初めて訓練に遅刻した。

十．独り占めしたい

リナが王子に目をつけられてしまった。

遅かれ早かれいずれは、と覚悟していたことではあったが、いざ現実となると凄《すさ》まじい焦燥感に襲われる。

これまでに召喚された神子達はほぼ例外なく王族と結婚して子を成していて、リナのように騎士と結ばれるなどというのは異例中の異例だ。

奇跡のような偶然が重なりあった結果として、今がある。

最近特にその愛らしさを増したリナ。

俺と夜ごと想いを交わし合うようになって、彼女は本人も意識しないままに急激に大人《おとな》っぽくなった。と言うか、危うげな色香を漂わせるようになった。何気なく吐いた吐息や、髪を結い上げて無防備に晒された首筋に息を呑《の》む若い団員が何人も存在することを知っている。

第二《ここ》に来た時には子供だと勘違いされていたリナだが、今の彼女を子供だと思う人間は誰もいないだろう。

間違いなく俺が原因なんだが、魅力を増しすぎた恋人に気が休まらない。

この間追い払ったジュリアス程度の相手ならどうにでもなるが、残念ながらアルベルト王子はあいつのような馬鹿《ばか》じゃない。所有権を主張してみてもどこまで通じるか。

いっそリナを連れてこの国を出てしまおうか、などとできるはずもないことまで頭をよぎる。そんなことをしたってリナが喜ぶわけもないのに。

「……団長、凶悪すぎてみんなが怯《おび》えてるんで、その眉間《みけん》の皺《しわ》もうちょっと伸ばしてもらっていいですか？」

副団長のハインツが呆《あき》れたように声を掛けてきた。返事を返さず、ジロリと睨《にら》み返す。相変わらずどれだけ不機嫌な目を向けようが、こいつは飄々《ひょうひょう》として一向に堪《こた》えた様子もない。

「どうせまたリナちゃん絡みでしょ？　団長、リナちゃんに関してだけ喜怒哀楽《きどあいらく》激しいですから。さしずめこの間王子がリナちゃんにちょっかい掛けてきた件ですかねー」

「……うるせえ。おまえに言うとまた変な噂《うわさ》を流されるから何も言わねえよ」

俺とリナについて無責任な噂を街中に流されたのは、まだ記憶に新しい。恫喝《どうかつ》するような低い声で言うと、ハインツはいかにも心外だと言わんばかりに、芝居がかった仕草で片眉だけ器用に上げてみせた。

「何言ってるんです、あれは僕とエレナの純然たる好意の結果じゃないですか！　団長もリナちゃんも二人してお互いに対して盛大にヤキモチ焼いてるから、噂を流すことで双方のライバルを排除してあげたんですよ？　ジュリアス団長が侵入してきた時みたいに『お手つき』アピールするよりよっぽどいいでしょうに」

何でこいつがジュリアスの件を知ってるんだ。宿舎内にスパイでも飼ってんのか。

ハインツの情報網の凄まじさに戦慄《せんりつ》を覚えつつ押し黙る。不本意ながらこいつには口で勝てた試しがない。

「もういっそのこと結婚しちゃえばいいのに、リナちゃん了承してくれないんですか？」

「……そうしたいのは山々だが、俺ら貴族の結婚には王の許可がいるからな」

国王が臥《ふ》せっている今、国の実務を行っているのはアルベルト王子だ。この状況でリナとの結婚を願い出て通してもらえるとは思えない。

舞踏会でリナが王の病を治すことができれば可能になるかもしれないが、今のところはどうなるかわからない。

「ああ、そう言えば国王さま今ご病気ですもんね」

……だから何でおまえがそれを知ってるんだ。

一部の人間しか知らないはずの極秘情報をさらりと口にするハインツに、もはや突っ込む気すら起きない。

「第一、そんな理由で求婚されるんじゃリナが可哀想《かわいそう》だろ。女は求婚とか結婚式に夢を持ってるって言うし。できることならリナの望むようにしてやりたい」

俺の言葉に、ハインツが大袈裟《おおげさ》に目を見開く。

「……うーわ。甘っ。まさか団長の口からそんな甘い言葉が出るとは。リナちゃんって偉大ですねえ」

「……本気で叩《たた》き斬《き》るぞてめえ」

こいつはこういうところさえなければ部下として完璧《かんぺき》なんだが。

ハインツは機嫌良さげに笑い声を上げ、そして不意に真面目《まじめ》な目を向けた。

「──舞踏会に参加することになったそうですね。今の団長には敵が多い。くれぐれも気をつけて下さいよ。貴族連中が何を言ってこようが放《ほう》っといて、とにかくリナちゃんにずっとついててあげて下さい。その後のことは僕がどうとでもします。裏のややこしいことは僕の領分ですから」

「──ああ。頼りにしてる」

こちらも真剣に頷く。

本来王家に保護されているべき神子が一介の騎士団長である俺の手元にあることで、貴族共の反感を買っているのはわかっている。

隙《すき》あらば奪い取ろうと狙《ねら》われていることも。

何だかんだ言っても、俺が今何事もなく騎士団長でいられるのは副団長であるこいつの存在があったからだ。こいつの助けがなければ、剣の腕しか持っていない俺は権謀術数《けんぼうじゅっすう》の渦《うず》巻《ま》く貴族社会の中で、とっくに権力に潰《つぶ》されていただろう。

リナを守るためには、こいつの協力は不可欠だ。

「うーん、なんか団長が素直だと気持ち悪いなあ……」

ハインツが不気味なものを見るように俺を見てきた。

相変わらず一言多い。


舞踏会当日。

俺の選んだ藍《あい》色のドレスに身を包んだリナは、女神と見紛うほどの美しさだった。

生まれて初めてお化粧しちゃいました、と照れたように笑うその唇は上品な薄紅に彩られ、口付けを誘うように艶《つや》めいている。ケバケバしさのない、清楚《せいそ》さを感じさせる控えめな化粧は、リナの汚れない純粋な美しさを際立たせていた。

素顔でも十分美しいのに、化粧を施すだけでここまで破壊力が増すものなのか。

「……正直、舞踏会で他の奴らに見せるのが惜しいくらいだ。できるならこのまま閉じ込めておきたい」

指先に口付けながら半ば以上本気で囁くと、リナの頬が真っ赤に染まった。

くそ可愛《かわい》い。今すぐ食ってやりてえ。

会場に入ると、人々が一瞬静まり返り、その後騒めきが広がった。

リナに刺さる、貴族連中の食い入るような視線。中でも男共の視線は熱量を伴っていて俺をイラつかせた。じろじろ見るな。減る。

リナに気付かれないように目線で周囲を威嚇《いかく》しまくりながら王家の挨拶《あいさつ》を待ち、そして不本意ながらリナを王子の元へ送り出す。嫉妬《しっと》で荒れ狂う内心を押し隠して、王子と踊るリナを無表情で見つめた。

多少動きはぎこちないものの、初めてにしては上々なダンス。必死にステップを踏む様が初々《ういうい》しい。美男美女二人が踊る姿は一枚の絵のように美しく、周囲から感嘆の溜息が漏れた。嫉妬のあまり昏《くら》い気持ちが湧《わ》き上がり、そして——

あ。リナの奴、王子の足思い切り踏んづけやがった。しかもわざとだなあれは。

その思い切りの良さと、痛みを堪える王子の引きつった顔に、先ほどまでの毒気が抜ける。澄ました顔で何事もなかったかのように踊り続けるリナがおかしくて、思わずニヤつく口元をさりげなく手で覆って誤魔化した。

ただ見た目が綺麗なだけじゃない、その向こう気の強さも俺にとってはたまらない魅力だ。これだからリナからは目を離せない。

真夜中過ぎ、人気《ひとけ》のない廊下をリナと二人で黙って歩く。

リナの従姉だというあの女のヤバさは相当なものだった。あれと一緒に暮らしていたというリナの苦労が偲《しの》ばれる。

だが、血が繋《つな》がっているだけにリナも完全に見放すことができないようだ。

果たして王はどのような決断を下すのか。

ひとまず王子に見つからないうちに早く戻ろう。

そう話している時に、まるで見計らったかのように背後から声が掛けられる。王子だ。

俺が危惧《きぐ》していた通り、やはりリナが既に純潔でないことを示唆《しさ》してみても王子が引き下がることはなかった。

かと言って王子がリナに恋着しているようにも見えない。単に俺たちを翻弄《ほんろう》して楽しんでいるかのようだ。貴人の気まぐれなお遊びといったところか。タチが悪い。

あんな奴にリナを渡してたまるか。

「ん、ふぁ、駄目、レオンさ……ああっ！」

バシャバシャと派手に水面を乱しながら、リナの身体を貪《むさぼ》る。

こっそり泣いた跡のあるリナに優しくしてやりたかったのに、腕の中で乱れるリナを見ていると、忘れていた嫉妬心が蘇《よみがえ》ってきた。

あの時リナを見ていた貴族たちの好色そうな目や、リナと密着して踊った王子、そしてリナが涙を落とした原因だろうマユとか言う女。

全てが腹立たしく、そんな狭量な自分に嫌気がさす。

「自分がこんなに独占欲の強い人間だなんて、自分でも知らなかった。俺をこんな気持ちにさせるのはおまえだけだ。リナがたとえ嫌がっても、俺はきっともうリナを手離してやれないと思う。ごめんな、リナ……」

細い肢体を抱きしめながらどうしようもない思いを吐き出す。それに対するリナの反応は予想外のものだった。

俺の強すぎる執着を嫌だと思ったことはないと言う。

元の世界で家族の愛に恵まれなかったせいもあるのだろうか、強く想われるのはむしろ嬉しい、と。

お互いの想いのバランスが取れている、というのは、リナも同じくらいの強い気持ちを抱いてくれている、ということでいいんだろうか。

湧き上がる衝動のままに口付け、舌をねじ込むように押し込んで口内を思いのままに貪る。気が済むまで味わって唇を解放する頃には、リナの瞳はうっとりと蕩けていた。

「……そんな風に俺を調子付かせて、後悔しても知らねえぞ……？」

最終警告のつもりでそう告げると、蕩けていたリナの瞳《ひとみ》に光が戻る。そして、口端を持ち上げて、挑むような笑みを浮かべてみせた。

「――後悔なんてしないですよ、絶対に」

言いながら、小さなキスをいくつも唇に降らせてくる。

まるで俺の理性を試し、焦《じ》らすかのようなキスに脳みそが沸騰《ふっとう》する。微《かす》かに残っていた理性があっという間に蒸発するのを感じた。

「……駄目だ、もう我慢できねえ。抱きつぶす」

言うなり、リナの身体をひっくり返して壁に手を突かせ、いきり勃った雄を一息に突き入れた。

「あぁぁぁぁっ！」

甘い悲鳴が耳に心地いい。しなやかな曲線を描いて仰け反った背中に吸い寄せられるように舌を這《は》わせ、うなじを甘噛《あまが》みした後、獣のようにがつがつと腰を振り立てる。

「ぅあ、あ、そんな、駄目、イイっ、駄目ぇ……」

熱に浮かされたような声。快楽でトロトロに蕩かしてやると、敬語を忘れて普段より甘い声音で鳴くのがくそエロくて可愛い。

突き上げながら秘裂に手を伸ばし、指先でリナの一番感じる粒を可愛がってやるとリナの脚が震え出し、膣《ちつ》壁が俺を逃《のが》すまいと引き絞るように締め付けてきた。俺の方も限界が近い。

「あ、どうしよ、イっちゃう、レオンさん、イっちゃう、気持ちい、気持ちいい……っ！」

「イけよ、何回でも。俺も、もう出るっ……」

「――――っ！」

声にならない声を上げてリナが達し、強烈な締め付けを受けて俺もリナの膣奥《おく》に欲を放つ。

リナが脱力して湯の中に沈みそうになるところを抱き留めて、脚の上に座らせた。背後から抱きしめながら、二人して荒い息を吐く。

やがて、居心地悪げにリナがもじもじし始めた。

「あ、あの……も、抜いて下さ……」

未だ膣内《なか》に収まったままの雄に戸惑いながらリナが俺を振り仰ぐ。内心舌舐《な》めずりをしながらニヤリと意地の悪い笑みを浮かべて、ただでさえ細いのに浮力でさらに軽く感じられる身体を持ち上げた。

ずるり、と陰茎が引き抜かれていく。

生憎《あいにく》、まだ離してやるつもりは、ない。

持ち上げた身体を、リナを求めて再度大きさを取り戻しつつある屹立の上に勢いよく引き下ろした。

「やあああっ！」

そのまま容赦なく揺さぶると、我を忘れて甘い悲鳴を上げるリナ。

上気して薄っすらと赤く染まった身体が魅力的で、たまらず目の前の一際赤くなった耳朶《みみたぶ》に舌を這わせると、「ひぅんっ」と甲高い声が漏れた。

「や、あ、あ、またイっちゃう、駄目、駄目、ああんっ……！」

「抱きつぶす、って言っただろ？　俺を調子付かせた責任は取ってもらわねえと」

いくら抱いても欲望は尽きることがなく、その日俺は初めて訓練に遅刻した。

閑話・メイドの困惑

「あれ、エレナさんこんなとこでどうしたんですか!?」

食堂のテーブルで、メイドである私、アリスと一緒に夕食用の豆のスジ取りをしていた神子様《みこ》……いえ、リナさん（ご本人の強い希望で、畏《おそ》れ多いながらも、このように呼ばせて頂いてます）が驚きの声を上げました。

視線の先には二十代半ばくらいの女性が一人。第二《ここ》には基本的に私達メイドとリナさん以外女性は存在しないはずなんですが、一体どなたでしょう。どこかで見たことがあるような気もするのですが……。

「あらリナちゃん、こんにちは！　今日は、行商の件で打ち合わせに来たのよ。ほらここ、急に女の子が増えたじゃない？　女性用のいろんな品を定期的に販売に来る業者が必要じゃないかって話になって、うちの店もそれに加わることになったの。これからは月一でお邪魔するからよろしくね！」

悪戯《いたずら》っぽく笑うその笑顔に、漸《ようや》く思い出しました。街で一番人気がある下着店の店長さんです！

一体どういった縁でリナさんとお知り合いになられたのでしょうか。

「ああ、けど会えて良かった！　これを渡したくってリナちゃんのこと探してたのよ」

言いながら店長さんが鞄《かばん》の中を探ると、ガラスの小瓶を出してきました。

あ、その小瓶は私も知ってます！　あの噂《うわさ》の！

「うわ、すごい！　見つかったんですか⁉　ありがとうございます！　もうすぐ使い切っちゃいそうで困ってたんです！」

リナさんが頬《ほお》を薔薇《ばら》色に染めて、パアッと嬉《うれ》しそうな笑みを浮かべました。神が与え給《たも》うた完璧《かんぺき》な造形に更に華やかさが加わり、同じ女性である私から見ても眩《まばゆ》いほどの美しさです。

神子という高貴なお立場でありながらそれを鼻にかけることもなく、いつも謙虚で私達にも気軽に声を掛けて下さるリナさん。本来ならこんなところで豆のスジを取ってていいお方じゃないのですが、『働かざる者食うべからず』と言いながらいつもくるくると立ち働いていらっしゃいます。こんな素晴らしい方のお傍《そば》にこうしていられるなんて、今でも夢のようです。

「あのレオン団長が恋人のために買った香油だ、って店でも謳《うた》い文句にしてるからすぐわかったわよ。でも、わざわざ私なんかに頼まなくても、レオン団長に直接頼んだらいくらでも買ってきてくれるんじゃないの？」

「だって、それじゃレオンさん絶対お金受け取ってくれないじゃないですか。でも、そのせいで余計なお世話掛けちゃってすいません」

ああ、あの噂の香油はやっぱりリナさんのために買ったものだったんですね！　ついこの間もお風《ふ》呂《ろ》の件で騎士様方に冷やかされてらっしゃいましたし、本当にお二人は愛し合ってらっしゃるんですね！　キャー！　素敵！

私が感動に打ち震えていると、店長さんが赤い唇をにっこりと吊《つ》り上げました。

「――ところでリナちゃん、こないだ最後に買ってくれたアレ、素敵な新作が出たから今日ついでに持ってきたんだけど、どうかしら？」

リナさんがピシリと硬直しました。先ほどまでの華やかな笑みも凍りついてしまっています。

「ほら、この繊細なレース、素敵でしょ？　今回のはね、この部分が紐《ひも》になってて、引っ張るとこんな感じに……」

硬直したままのリナさんの胸元に紙袋を差し出して中を指し示してらっしゃいますが、残念ながら私からは何も見えません。

「え、あ、す、素敵ですね、素敵ですけど私にはこういうのは似合わないんじゃないかなって……」

真っ赤になってしどろもどろに断るリナさん。一体何を勧められたのか気になるところです。

相手は下着店の店長さんだし、セクシーな下着とか？　……それは流石《さすが》にありえないでしょうか。

店長さんは残念そうに肩を竦《すく》めて見せました。

「あらそう？　残念ねえ。じゃあこれはレオン団長におススメしてみようかしら。きっと気に入って……」

「買います。買わせて下さい」

言い終わる前に、リナさんがすごい勢いで食いつきました。先ほどの香油の分と合わせて大慌てで支払いを済ませ、ホッとしたように紙袋を抱きかかえます。

と、その紙袋が背後から伸びてきた手に取り上げられました。

リナさんが引きつったような悲鳴を上げます。

「ひぃぃ！　レオンさん⁉　な、な、なんでここに……！」

「こんなとこで何やってんのかと思ったら……何下らねえ遠慮してんだよ、香油くらい幾らでも買ってやるっての。……で？　この袋は何が入ってるんだ？」

「あ、あ、あ……」

レオン団長が、リナさんを後ろから覆い被《かぶ》さるように抱きしめながら人の悪い笑みを浮かべてらっしゃいます。その隣には、いかにもあーあ、といった顔をした副団長。

絶望の色を浮かべたリナさんを他所《よそ》に、ガサゴソと音をさせながら紙袋の中を覗《のぞ》き込んだレオン団長。……一瞬の沈黙の後、先ほどとは違った種類の笑みを浮かべてみせられました。今度の笑みは人が悪いというよりむしろ、エロ……じゃない、色気を感じさせるドキドキするような笑みです。

これは、袋の中身はやっぱりそういうことなんでしょうね……。

寡黙で剣一筋、女に興味なし、という印象だったレオン団長の、思いがけない一面を見てしまいました。

これはリナさんに対してだけのことなんでしょうか？　けどそれはそれでリナさんがお気の毒なよ

うな……。

「……へえ？　リナ、これ買ったんだ？　ふーん、そうか」

「え、えーと、その……」

リナさんが可哀想《かわいそう》なくらい狼狽《うろた》えてらっしゃいます。

「――今晩、楽しみだな、なあリナ？」

悪魔の笑み、というのはまさにこういうのを指すんじゃないでしょうか。今後、レオン団長を見る目が変わってしまいそうです。

呆然《ぼうぜん》とお二人を見つめる私の肩を、ハインツ副団長が労《いた》わるようにポンポンと叩《たた》いて下さいました。

「大丈夫だよ、心配しなくてもあの二人はいつもあんな感じだから。団長のイメージ崩れちゃった？　リナちゃんに関しては団長は常にああだから、君もここでやってくなら早いうちに慣れた方がいいよ」

「そ、そうなんですか……」

それでいいんですか、リナさん……。

「いやー、ハインツから話を聞いてた私でも、あの変わりようには吃驚《びっくり》だわ。あの人、実はムッツリだったのね。ちょっとからかって遊んでみただけなのに、リナちゃんには悪いことしたわねえ」

あっけらかんと言う店長さん。ちょっと遊んでみただけって、リナさんにとっては結構な大惨事な気がするのですが。

恥ずかしさのあまり涙目になったリナさんがこちらを窺《うかが》ってらっしゃいます。ここは何事もなかったように振る舞うのが優しさというものでしょう。

「えーと……。とりあえず豆のスジ取り終わらせちゃいましょうか……？」

コクコク、と必死に頷《うなず》くリナさんを視界の端に入れながら、思わず遠い目をしてしまいます。

明日から私、レオン団長をどんな目で見たらいいんでしょう……。

十一・誘拐

舞踏会から一週間後。

大神官のザカリアさんと会う約束を取り付けた私達は、神殿へと出向いた。

この場所に来るのは、召喚のあの日以来だ。

「元の世界へ戻る方法、ですと……!? 戻りたいと仰《おっしゃ》るのですか……!?」

最初私の話を聞いたザカリアさんは、ワナワナと震えながら顔を青ざめさせ、まさに絶望といった表情を浮かべた。

「あ、いえ、私じゃなくて真由《まゆ》を何とか帰せないかと思いまして。大丈夫、私は帰りませんから!」

いつぞやのレオンさんと同じパターンになってしまい、慌てて否定する。

「あの時戻る方法はないっていう話だったんですけど、神子《みこ》が元の世界に戻るんじゃなくて、神子の力で他《ほか》の人を元の世界へ戻すっていうのは無理ですか? お願いですから一度方法を探してみてほしいんです」

私の言葉に漸《ようや》く落ち着きを取り戻したザカリアさんは一瞬安堵《あんど》した表情を浮かべたが、次の瞬間には難しげに唸《うな》り声を上げる。

「そういうことでしたか。……ううむ、しかし何分にも前例のない話ですので調べるのにしばらくお時間を頂けますかな？　この国が成る以前の、太古の記録まで遡《さかのぼ》ればあるいは何か見つかるかもしれません故《ゆえ》」

　ザカリアさんはいかにも申し訳なさそうに眉尻《まゆじり》を下げた。

「元はと言えば私の召喚術が未熟だったせいで、神子様にはとんだご負担を掛けてしまい申し訳ありません……。正直なところ、我が国の民でもなく、神子としての実績がないわけでもないマユ殿をどう罰したら良いものか、陛下も考えあぐねておられるのです。元の世界に戻って頂けるならこれほど有難いことはありません。神官総出で調査いたしますので！」

　要は全部なかったことにしたいってわけか。まあそりゃそうだよね。散々神子として宣伝しといて今更犯罪者扱いとか、国としても難しいだろうし。『神子さまは元の世界に帰られました』で終わらせた方が簡単に決まってる。

　色々思うところはあるけれど、協力してくれるならそれに越したことはないから、甘えさせてもらおう。

　微妙な表情の私をどう解釈したのか、ザカリアさんは安心したかのように笑みを浮かべた。

「いやー、それにしても先ほどは驚きましたよ。せっかく王子との婚約も決まったとお聞きしたばかりなのに元の世界に戻るとは、一体どういうことなのかと心配いたしました。まったく、ただの勘違いでようございました！」

「……は？　婚約？」

爽《さわ》やかに笑うザカリアさんを他所《よそ》に、カチンと硬まってしまう。

婚約って何。誰《だれ》と誰が婚約だって？　ありえない！

「おや？　違うのですか？　今宮廷ではそのように噂《うわさ》されているのですが」

「婚約なんてしてないです！　あんなのと婚約なんて絶対ないですから！」

訝《いぶか》しげなザカリアさんに対して力一杯否定した後、ギリギリと歯噛《はが》みする。そんな馬鹿《ばか》な噂、誰が流したかなんて分かりきってる。

「あんの陰険王子……！」

私のことなんか別に好きでもないくせに、何でそんな訳のわからないことするの!?　嫌がらせにも程がある！

「落ち着け、リナ」

宥《なだ》めるように、レオンさんに肩を抱かれた。あれ、レオンさん意外に冷静……。

「王子に遊ばれてるだけだ。王子がもしも本気なら、逃げられないようなやりようは他にいくらでもあるはずだからな。ムキになっても奴《やつ》を喜ばせるだけだ。……大丈夫、情報操作が得意な奴なら第二《うち》にもちゃんといる」

「え？　あ、もしかしてハインツさんですか？」

レオンさんを振り仰ぐと、頷《うなず》き返してくれた。

あ。冷静かと思ったら顔は冷静じゃなかった。明らかに怒ってる。

「以前、俺たちのことで無責任な噂を流された時はムカついてたが、今となっては好都合だな。噂を重ね書きして、『愛し合う恋人達の間に権力を使って横入りしようとする非情な王子』にしてやる」

『愛し合う恋人達』！

レオンさんの口から出た言葉のインパクトに、そんな場合じゃないのに思わず赤面してしまった。

赤面してる私に気付いたレオンさんが、怒りの表情を和らげると口端を上げて意地悪な笑みを浮かべる。

「どうした、俺《おれ》は何かおかしなことを言ったか？」

「……いえ、何もおかしくないです……」

レオンさん、この間の件以来、私に対して余裕が出たというか何かが吹っ切れたというか……私に関する全《すべ》てのことに躊躇《ちゅうちょ》がなくなった気がする。

私の足が地面から浮く勢いで抱きしめられ、ザカリアさんに真実を知らしめようとするかのように赤くなったままの頬《ほお》に口付けられるのに身を任せながらそんなことを考える。

人前での抱擁はちょっと恥ずかしかったけど、応《こた》えるように広い背中に腕を回した。

「え、あ、そ……そういうことでしたか！　これは大変失礼を……！」

目の前で繰り広げられる光景に、流石《さすが》に色々察したらしいザカリアさんの慌てた声だけがその場に響いていた。

ハインツさんとエレナさんの努力？　により、噂は順調に広まってるらしい。

こないだはアリスちゃんに目を潤ませながらレオンさんとの仲を応援されてしまった。

平民出身なこともあって平民の中でレオンさんの人気は絶大らしく、世間的には神子と王子よりも、神子とレオン団長との仲を推す声の方が圧倒的に多いとのこと。でもって、それに比例して王子の評判は着実に下がってきてるらしい。

次の浄化が第一騎士団と第二騎士団の合同で行われることに決まったのはそんな時だった。

第一と第二が合同で浄化を行うのは、余程魔獣の数が多い場合か、その土地の領主に対するデモンストレーション的なものである場合かのどちらかだ。今回はデモンストレーション的な意味合いが強いということなので流石にいつもの見習い騎士服で、という訳にもいかず、神殿が用意してくれた衣装を身につける。

ギリシャ神話の女神様が着てるような、白くてドレープたっぷりのロングドレスで、綺麗《きれい》なんだけど正直コスプレ感が半端ない。いかにも高級そうな生地だからいいけど、これで生地が安っぽかったら、ハロウィンの時渋谷《しぶや》とかにいそうな感じかもしれない……。だって着てるのが純日本人の私だし。

ちょっとビミョーな気分になりながら、馬車に乗り込む。

今回は王都からかなり離れた場所での浄化になるため午前中は移動に費やし、午後から浄化、向かった先の領主の館《やかた》で一晩泊まって翌朝帰途につくことになっている。それだけなら別に何の問題もないんだけれど。

今回の一番の問題は、その向かう先が第一騎士団長、ジュリアスさんの実家、アルバード公爵家の領地ってことなんだよねえ……。当然泊まるのはアルバード公爵家の屋敷ってことになる。王子と婚約した、なんて噂のある私に対して何かしてくるってこともないだろうけど、何だか気が重い。

「私、実は王都を出るの初めてなんです。ちょっとドキドキしますけど、楽しみです！」

そう言って向かいの席でアリスちゃんがはしゃいでいる。

私一人だと翌朝の化粧や身支度に自信がないので、今回はお願いしてアリスちゃんにも同行してもらっているのだ。

レオンさんとのことを根掘り葉掘り聞かれるのだけは恥ずかしかったけれど、近い年頃《としごろ》の女の子と他愛《たわい》もないお喋《しゃべ》りをしている内に重かった気持ちも段々ほぐれてきて、目的地に着くまではあっという間だった。

「……なんで王子がこんなところにいるんですか。王子って、実は結構暇なんですか？」

今回の目的地、アルバード公爵領に着いた時、馬車の扉を開けた私を出迎えたのはありえないことにアルベルト王子だった。にっこりと胡散臭《うさん》い笑みを浮かべて、こちらに向かって手を差し伸べている。

敢《あ》えてその手を無視して自力で馬車を降りると、王子は芝居がかった仕草で両手を広げ、肩を竦《すく》めて見せた。

「やれやれ、我が麗しの君は相変わらず私に対してつれないことだ。おまけに相変わらず手厳しい」

歯の浮くような台詞《セリフ》を臆面《おくめん》もなく言えるのはやっぱり生まれが王子だからだろうか。麗しの君なんてリアルで口にする人初めて見た。

「誰が麗しの君ですか。それに、つれなくされる心当たりなら充分おありでしょう」

ツン、とそっぽを向いてみせる。私の無礼とも取れる言動に、後ろでアリスちゃんがハラハラしているけれど、面の皮の厚い王子様からはニコニコと食えない感じの笑みを返されるだけだった。

「ああ、もしかしてあの噂のことを言ってるのかな？　私はただ、結婚するのなら君のような身も心も美しい女性がいいな、と側近に言っただけだったのに、まさかあんな風に噂になるとは思わなかったよ。おまけにどこからか、私が権力に物を言わせて君を手に入れようとしてるなんて噂まで流されてねえ。お陰で私の評判も大分下がったよ」

白々しい……。

いかにも自分の方こそ困ってる、みたいなわざとらしい言い方にげんなりする。全くもってこの人が何をしたいのかわからない。

「……もう、本当に勘弁してくださいよ。大して好きでもない相手にちょっかいかけて何が楽しいんだか……」

私の泣き言のような呟《つぶや》きに、王子はさも心外だとでも言うように目を見開いてみせた。

「何を言ってるんだい、大して好きでもないなんてとんでもない！　君ほど興味深く面白い女性は他にいないよ。そうだなあ、世の女性の中では二番目くらいに好き、かな？」

「なんですかそれ……。ちなみに、一番目に愛されてる実にお気の毒な女性はどなたなんです？」

さして興味もなかったけれど、何とはなしに聞いてみる。

「え？　何？　気になる？　私のことに興味が出てきた？」

「出てません！」

王子は悪戯《いたずら》っぽく笑って人差し指を立てて唇にあてると「でも、それは秘密だよ」と器用に片目を瞑《つむ》ってみせた。

こういった気障《きざ》な仕草は、どうやらこの世界でも共通らしい。

一番目の女性がどこの誰かは知らないけれど、その女性の元へ速《すみ》やかに向かって頂きたい。切実に。

「――王子。いい加減何の予告もなしにあちこちに顔を出すのはおやめ下さい。皆の迷惑です」

すっ、と私と王子との間に腕が差し出され、私を背中に覆い隠すように長身の影が王子の前に立ち塞《ふさ》がった。レオンさんだ。

「もしかして、とは思っていましたが、まさか本当にこんな遠方までわざわざ御出《い》でになるとは。

……余程お暇でいらっしゃるのですか？」

どうやら何の予告もなく不意打ちで色んなところに現れるのは、王子にとっていつものことのようだ。そういえば初めて森で会った時もほぼ不意打ちだったもんな。それに毎回付き合わされるお付きの人や警備の人も大変だ。

「そう言われても、これも私の大事な仕事の一環だからやめられないなあ。それにしても、君たち二人はこんな時の反応まで同じなんだね。……ああ、ほら来た」

王子の視線の先に目を向けると、部下に報告を受けたのだろう、大慌てで駆けてくるジュリアス団長の姿が映った。

「おっ、王子、このようなところにわざわざお越し頂き光栄です！　ご連絡頂ければ迎えの者を遣りましたのに……！」

「ああ、私が勝手に来ただけだから気遣いは無用だよ。……それにしても、今回第一騎士団はこれで全員なのかな？　随分少ないように思うけど……？」

辺りを見回した王子の言葉に、ジュリアス団長が顔を蒼白《そうはく》にし、目に見えてダラダラと汗をかき始めた。

「え、あ、その……」

「遠征に当たっての申請書では全員が参加することになってたはずだけど、半分もいないよねこれ。人数が合わない分の遠征費用は、どこに消えたのかな？　自分のところの領地だからいくらでも誤魔化せると思った？　魔獣討伐は第二に丸投げするつもりだったのかな？　……帰ったら速やかに遠征費用を返還すること。──次はないよ」

「っは、はい！　畏《かしこ》まりました！」

淡々とした王子の言葉に、ジュリアスさんは返事をした後弾《はじ》かれたように第一騎士団が討伐の準備をしている中へ駆け込んでいった。途中、私達を凄《すさ》まじい目で睨《にら》むことも忘れずに。

「……こういうことを防ぐ目的もあるから、抜き打ち視察はやめられないんだよね。それにしてもジュリアス団長は本当にやることが浅いね。私が頻繁にこうして視察して回ってることなんて有名な話なのに何の対策もせず。これ以上評判落としてどうするんだか」

溜息《ためいき》を一つついて、私達を見る。その瞳《め》は思いがけず真剣なものだった。

「父上がご病気だったこと、そしてマユ殿が父上に対して治療の手を抜いていた件がどこからか漏れ出していてね。一体何のためにマユ殿を篭絡《ろうらく》したのか、せっかく恋人の座に収まったのにきちんと管理して手綱を取れなかった役立たず、とジュリアスに批判が集まっているんだ。功を焦るあまりハズレを引いた慌て者だ、と笑う者もいる。彼はプライドが高いからね、その反動で本物の神子を手にしたレオン団長に対して理不尽な恨みを募らせているようだから用心した方がいい。今日討伐の人員を減らして来たのも、第二に対する嫌がらせのつもりだろうし」

「それって思い切り逆恨みじゃないですか……。しかもやることがちっさいですね」

思わず本音を漏らすと、王子が小さく吹き出した。レオンさんは何も言わず、ただ眉《まゆ》を顰《ひそ》めている。

「確かに今は小さい嫌がらせだけど、何せ彼は色んな意味で浅はかだから、今後思いがけないことをしでかす可能性もある。十分気をつけることだね」

じゃあ私はアルバード公爵に挨拶《あいさつ》してくるから、とひらひら手を振って去っていく王子の背中を見送る。

と、頭の上に大きな温《ぬく》もりが乗せられて、そのままわしゃわしゃと髪をかき回された。

「……まさか王子に先を越されるとは思わなかったが、王子の言う通りだ。ジュリアスのことは俺達も気を配って、なるべくリナに近づけないようにするが、リナ自身も気をつけて絶対に一人にならないようにしてくれ」

「……はい。気をつけます」

その時は、まさかジュリアスさんがあそこまで逆恨みをこじらせてるなんて知らなかったのだ。

時折ジュリアスさんのじっとりとした視線を感じながらも、森での浄化と魔獣の討伐は何事もなく無事終了した。

そして夜は、王子がおられるということで、晩餐《ばんさん》会、とまではいかないながらもそれなりの夕食会が行われることとなり。

「うっわー……派手……」

「主催であるアルバード公爵様を通して王子様より贈られたドレスですので、こちらで今晩お世話になる以上、今日はこちらを身につけて頂くよりないかと」

アリスちゃんの手で目の前に広げられたドレスをもう一度まじまじと見てみる。

デザインはさほど奇抜なところのない、シンプルなプリンセスラインの水色のドレスなんだけど、スカート部分にこれでもかと言わんばかりに大量の眩《まばゆ》い輝きが縫い付けられていた。

これってやっぱ宝石だよね。しかも大きい。一粒が親指の爪《つめ》くらいはある。ガラスとかキュービックジルコニアとか……なわけないんだろうなあ。一体どれくらいの価値があるものなのか、考えるだけで恐ろしい。せめて、この世界では宝石の価値がそんなに高くないとかだったらいいなあ……。たかが夕飯食べるためだけに、何でこんなキラキラ衣装を着なきゃいけないのか。

半ば諦《あきら》めの気持ちで、お風呂《ふろ》で汚れを洗い流した身体《からだ》にドレスを身につけ、化粧を再び施してもらって広間へと案内してもらう。

夕食会のメンバーは、アルバード公爵夫妻と第一・第二両騎士団長、王子とそして私の六名だった。

せめてレオンさんが隣にいてくれたら良かったんだけど、案内された席はテーブルの端と端。私の隣はアルベルト王子、という悪夢の配置で、息詰まる時間を過ごした。やたら豪華な食事を無理やり詰め込み、ひたすら私と王子を褒めそやす公爵様に適度に相槌《あいづち》を打ちながら、食事に夢中なフリで何とか乗り切った。

ジュリアスさんはと言うと、昼間王子に騎士団のことで咎《とが》められたためか、終始陰鬱《いんうつ》な表情で一言も喋ることなく、沈黙を守ったままだった。

ひたすら居心地の悪い食事会は、こうしてどうにか無事に終えることが出来たのだった。


疲れた……。

永遠に思えるほど長く感じられた夕食会の後、用意された客室へ戻るために廊下を歩く。警護として第二騎士団の騎士さん、以前食事係をしてくれていたリカルドさんとアベルさんがついてくれていた。

「すいません、討伐の後で疲れてるでしょうに余計なお仕事増やしちゃって」

「とんでもない、お陰で野営じゃなく暖かい邸内で過ごせるし、公爵家が用意してくれた食事にまでありつけて、感謝したいくらいだよ」

恐縮する私に、二人は笑って首を振る。この二人には私の部屋の前で警備として一晩過ごしてもらうことになっている。

公爵家の屋敷に泊まるのは私とメイドのアリスちゃん、警備としてこの二人、そして騎士団長であるレオンさんとジュリアスさんだけで、後の騎士団の皆さんは屋敷に入りきらないため外で野営をしていた。

窓の外に野営の灯《あか》りが見えて、思わず足を止める。みんなはちゃんと食事を終えただろうか。自家製のブイヨンを作って渡しておいたけど、ちゃんとスープにできたかな。

そんなことを考えながらぼんやり外を見ていると、突然強く腕を引かれた。後ろでキン、と金属同士がぶつかり合う音。

「リナちゃん、下がってて」

私の腕を引いたのはアベルさんだった。

アベルさんの向こうでは、リカルドさんが侵入者らしき人影と剣を交えている。

相手の人数は三人。数の上では負けている。

廊下の隅で、ガクガク震えながら戦いの行方《ゆくえ》を見守る。だって、模擬試合ならともかく真剣での本気の命の奪い合いなんて見るのは初めてだ。情けないけど、二人の邪魔にならないようにするだけで精一杯だった。

剣戟《けんげき》の決着は、思ったよりも早く訪れた。

最後の一人の剣が、アベルさんによって弾き飛ばされ、侵入者である赤毛の男が膝《ひざ》をつく。その首筋に剣を突きつけながら、アベルさんが私に向かってウインクした。

「怖い思いさせてごめんな？　でも俺たち、団長にリナちゃんのこと任されるくらいには強いから大丈夫、安心して」

アベルさん達、こんなに強かったんだ……。こんな強い人が怪我《けが》のせいで食堂なんかで燻《くすぶ》ってたなんて。

後の二人の侵入者も腕を斬《き》られ傷口を押さえて苦しんでいる。

「さーて、じゃあ誰の差し金でこんなことをしたのか喋ってもらおうかな」

アベルさんが剣先で赤毛の男の顎《あご》先を持ち上げた時、廊下の角から人影が現れた。

「リナさん、ここにいらっしゃったんですか？　お戻りが遅いから迎えに……きゃあ!?」

赤毛の男が素早い動きで、私を探しに来たアリスちゃんの後ろに回り込み、両手を後ろに掴《つか》み上げると短剣をアリスちゃんの首筋にひたりと当てた。

「アリスちゃん！」

「あ……あ……」

剣を押し付けられたアリスちゃんが、顔を蒼白にしてぶるぶると震えている。

「アリスちゃんを放して！　あなた達の目的は何!?」

「あんたが大人《おとな》しくついてきてくれりゃ、この子に危害は加えねえよ。そこの騎士さん方もじっとしてるんだな」

「くっ……」

アベルさん達が悔しげに呻《うめ》く。アリスちゃんが救いを求めるように私達を見た。

「――――わかりました。大人しくついていきますから、その子を放して下さい」

「リナちゃん！　駄目だ！」

「私なら大丈夫です。即死さえしなければ多少怪我をしても自分で治癒《ちゆ》できますから」

震える足を叱咤《しった》しながら、赤毛の元へ歩み寄る。

リーダー格らしい赤毛の男は口端を醜く歪《ゆが》めながら顎をしゃくって、残った二人にアベルさん達を後ろ手に拘束させた。

拘束の後、アベルさん達の腹に思い切り蹴《け》りを入れて床に転がす。

さらにその上にアリスちゃんを突き飛ばした。

「ほらてめえはこっちだ！」

腕を掴まれ、屋敷の裏に駐《と》められた馬車に乗せられた。赤毛の男だけが御者席に乗り込み、馬に鞭《むち》を入れる。他の二人はここで別行動となるらしい。

馬車がガラガラと音を立てて走り出し、私は窓に縋《すが》り付いて外を眺めた。

どうしよう、このままじゃ誰にも見つけてもらえない。

馬車が最初の曲がり角を左に折れたところで、咄嗟《とっさ》に右のイヤリングを耳から引きちぎるように外して、僅《わず》かに開いた窓から外に投げ落とした。

次の曲がり角で左のイヤリング、その次では首飾りを。それだけでは当然足りなくて、ドレスに縫い付けられた宝石を手でブチブチと毟《むし》り取っては馬車が道を曲がる度に投げ落とした。高価だろうが何だろうが、この際気にしていられない。

ヘンゼルとグレーテルがパン屑《くず》の前に目印として道に落としていったのは何だっただろうか。確か白い石？

高価な宝石は他の人の目に止まって持ち去られたりせずに、無事レオンさん達に見つけてもらえるだろうか。


「ほら、さっさと降りろ」

一体どれくらい走っただろうか。

一時間くらいは走っていた気がするけど、気が高ぶった状態での時間感覚なんてあてにならないから実際はそれほどでもないのかもしれない。

馬車は、追っ手を警戒してかあるいは街の区画整理がデタラメなせいなのか、多すぎるくらいの曲がり角を曲がって駆け抜けた末に一軒の屋敷の前で停《と》まった。

人の気配が全くと言っていいほどないこの屋敷は、どこかの貴族の別荘か何かだろうか。洗練された家の造りと、随所に置かれた瀟洒《しょうしゃ》な家具は、ここが非常に裕福な人間の持ち物であることを窺わせていた。

それにしても、何とか足りて良かった……。

曲がり角を過ぎる度に投げ落とし続けた宝石は途中で数が足りなくなってしまい、最後の方に至っては履いていた絹の靴下やガーターベルトまで投げる羽目になってしまった。最早《もはや》投げるものがパンツくらいしかない、という切羽詰まった状態の時にやっと馬車が停まってくれて、私の最後の砦《とりで》はギリギリのところで守られた。

屋敷の一番奥、唯一扉から光が漏れている部屋まで連れていかれると、肩を小突いて中に入るよう促された。

一つ大きく息を吐き、覚悟を決めて扉を開く。

中で待ち構えていたのはやはりと言うか、想像通りの人物だった。

「……ジュリアスさん。こんなことをしでかして、一体どうするおつもりなんですか？　誘拐《ゆうかい》ですよ、これ」

ベッドと小さなサイドテーブル、そして椅子《いす》が一脚あるだけのシンプルな部屋。

椅子に腰掛け、ゆったりとワインを楽しんでいたジュリアスさんはこの状況にまるで似合わない優雅な笑みを浮かべてみせた。

夕食の席ではずっと座っていてスカート部分が隠れていたからか、幸いなことにドレスから宝石が消え失《う》せていることには気付いていないようだ。それでもよく見れば、生地のあちこちが引きつれていたり糸が出たりしてることに気付くはずなんだけれど、どうやらそこまでは気が回らないらしい。

「やあ、ようこそ神子様。突然の招待をお受け頂いてありがとう、歓迎するよ。良かったら君も飲むかい？」

ワイングラスを差し出されたが、首を振って辞退する。代わりに、ジュリアスさんの顔をギッと睨み付けた。

「結構です。そんなことより私を帰して下さい。今ならなかったことにしてあげられます。私が今回のことを公にしたら、困るのは貴方《あなた》ですよ」

何がおかしいのか、ジュリアスさんが喉奥《のど》でくつくつと笑う。

ゆっくりとワイングラスをサイドテーブルに戻すと、恍惚《こうこつ》とした表情で私の顔を見つめた。

「君は公にしたりなんてしないさ。……だって、君はこれから公にできないようなことを私にされてしまうのだから」

突然腕を掴まれ、乱暴にベッドの上に放《ほう》り投げられた。

仰向けに倒れ込んだ身体の上に、ジュリアスさんがのしかかってくる。

「な……！　離して！」

「ああ……やはり貴女《あなた》は美しいな。平民上がりの、あんな下賤《げせん》な男のものだというのがつくづく口惜しい。あの男さえいなければ、私の妻として大事に可愛《かわい》がってあげたものを」

両手をひとまとめに頭上で押さえつけられて身動きの取れない私の頬を、もう片方の手でゆるゆると撫《な》で回されて鳥肌が立った。

「公にしたければすれば良い。恋人がいながら他の男に陵辱《りょうじょく》され汚された哀れな女と、そして自分の女を奪われ、汚された情けない男として衆目に晒《さら》されることに君が耐えられるのならね。……全ては、貴女があの男を選んだせいだ」

ジュリアスさんの唇が醜く歪む。その目は怒りにギラギラと輝いていた。

「あの男……！　レオン団長が全て悪いんだ！　ちょっと剣の腕が立つからって調子に乗りやがって！　平民上がりの分際でこの私を馬鹿にして、挙句神子を掻っ攫って私にはあんなハズレ女を掴ませやがった！　絶対に許さない！」

ジュリアスさんが歪んだ怒りをぶちまけるけれど、その内容はとてもじゃないけど納得できるようなものじゃない。

「こ、こんなの貴方の思い通りにいく訳ないです！　すぐにレオンさんが助けに来てくれるに決まってるんだから！」

叫ぶ私に、ジュリアスさんが器用に片眉を上げて馬鹿にしたように私を見下ろした。

「へえ、どうやって助けに来るんだい？　ここは伝手《つて》を使って借り上げた、公爵家と何の関わりもない他人の別荘だ。あいつがここを探し当てるまでに一体どれくらいの時間が掛かるだろうね。探し当てる頃にはとっくに君は私のものだ」

「……そんなの、私が大人しく従ってる訳ないでしょ！」

ジュリアスさんの急所を蹴り上げるべく、思い切り足を振り上げる。

しっかり狙《ねら》ったつもりが、逆にその足をジュリアスさんにがっしりと捕らえられてしまった。もう片方の足はジュリアスさんの身体の下で完全に押さえ込まれている。

「まったく、君は思ったより跳ねっ返りだね。でもその程度じゃ私からは逃《のが》れられないよ」

「ひっ……！」

そのまま足に舌を這《は》わされて、悲鳴が漏れる。

足を振り上げたせいでドレスが捲《めく》れ上がって、下着が露《あら》わになってしまっていた。

それをじっと見つめたジュリアスさんがゴクリと唾《つば》を飲み込み、そして欲望に歪んだ昏《くら》い笑みを浮かべた。

「君が私に汚されたと知ったら、あの男は一体どんな顔をするかな……？　ふふ、恨むならあの男を恨むことだ。あいつのせいで君は好きでもない男にこれから犯されるんだ。せめて、蕩《とろ》けるくらいに気持ち良くしてあげるよ」

言いながら掴んでいた足をもう一方と一緒に自分の身体で油断なく押さえ込むと、胸元からガラスの小瓶を取り出した。

「どんな貞淑な淑女でも淫《みだ》らに狂わせる媚薬《びやく》だよ。これを飲めば君も何もかも忘れて愉《たの》しめる。ほら、口を開けてごらん……？」

目の前で小瓶の液体をとぷん、と揺らされて、慌てて唇をぎゅっと引き結ぶ。ジュリアスさんは楽しげな笑い声を上げた。

「可愛らしい抵抗だね。まあいい、なら先にこちらを楽しませてもらおうかな」

コトリ、と小瓶をサイドテーブルに置くと、ジュリアスさんは腰に下げていた短剣を引き抜いた。

そのまま私のショーツの脇《わき》のところ、一番幅が細くなってる部分に差し入れる。ヒヤリ、と刃物《はもの》が肌に当たる感覚に総毛立つ。

「ひっ……！」

「暴れると綺麗な身体に傷がついてしまうよ？」

うっそりと笑って、短剣を持つ手に力を込めた。

ピッ、と軽い音を立ててショーツの脇が切り裂かれていく。

「や、やだ、やめて……」

怖い。

このままじゃジュリアスさんに全てを奪われてしまう。

涙が溢《あふ》れて、目の前が滲《にじ》んだ。

「いやぁ！　レオンさん！　レオンさん！」

後数ミリで完全に切れてしまう、というところで、恐怖のあまり思い切りレオンさんの名前を叫んだ。

次の瞬間、ものすごい音を立てて扉が蹴破られた。

「リナ！　無事か!?」

そこには、レオンさんが剣を構え、怒りの形相で息を荒らげながら立っていた。

「レオンさん！」

「つな……何故《なぜ》ここに!?」

ジュリアスさんが素早く私の上から飛び退《の》いて剣を構えようとするが、間に合わず首筋に剣を突きつけられた。そのまま剣の柄《つか》で首の後ろを殴られて倒れ込む。

「リナ、そこの縄を寄越してくれ！」

レオンさんに言われて部屋を見回すと、サイドテーブルの上に縄が置いてあった。……ジュリアスさんが何に使うつもりだったかは恐ろしすぎて考えたくない。

急いで縄を手渡すと、レオンさんはジュリアスさんを手早く後ろ手に縛り上げた。

「リナ、遅くなって悪かった。怖い思いをさせてすまない……」

余程急いで来てくれたのだろう、まだ息が荒いままのレオンさんの言葉に涙をボロボロこぼしながら首を振り、逞《たくま》しい身体に力一杯しがみついた。今になって身体が震えだす。

「だ、じょう、ぶ、心配かけてごめ、なさ、っ」

ひくひくとしゃくり上げながら謝ると、強く抱きしめ返して、良く頑張ったとでも言うように頭を優しく撫でてくれた。

「くそっ……何故ここがわかったんだ⁉」

「んなもんてめえに教えてやる義理はねえ。敢えて言うなら、てめえは馬鹿だけどリナは馬鹿じゃなかったからだよ」

首筋の痛みに顔を歪ませながらのジュリアスさんの問いかけに、レオンさんがまだ怒りの冷《さ》めやらぬ表情で吐き捨てる。

危険物がないか警戒するためか、そのまま部屋をぐるりと見回して、サイドテーブルの上の小瓶に

目を止めると手にとって眺めた。

「……これは何だ？　薬か？」

「あ、それ媚薬だそうです。さっき危うく飲まされそうに……」

ピシッ。

いきなり室温がぐっと下がった気がした。

「――へえ？　媚薬ねえ」

言わなくてもいい一言だったことに気付いたけれど、もう遅い。

見ているだけで凍えそうな冷笑を浮かべるレオンさんに、先ほどまでの身体の震えも涙も引っ込んだ。

息を呑《の》んで様子を窺う私の前で、レオンさんはジュリアスさんの髪を掴んで無理矢理顔を上げさせると、小瓶の蓋を片手で器用に開けた。

「リナ、この野郎の鼻つまんどけ」

「え？　え？　え？」

言われた通り、恐る恐るジュリアスさんの鼻をつまむ。

まさかまさか。

「公爵家のご子息様が用意するくらいだ、さぞかし素晴らしい効き目の薬なんだろうな？　ここは是非ともご自分で味わって頂かないと」

レオンさんはニヤリと笑って、必死に唇を引き結ぶジュリアスさんの口許《もと》に小瓶を押し当てた。

ジュリアスさんはしばらくの間頑張っていたけれど、いつまでも息を止めていられるわけもなく、とうとう唇を微《かす》かに開いた。その隙間にすかさず小瓶が捩じ込まれる。

「ん、んぐ……！」

ごくり、と喉が動いて薬を嚥下《えんか》するのを見届けた後、レオンさんが漸く手を離した。それに倣《なら》って私も鼻から手を離す。

「……っ貴様、平民上がりの分際でこの私に何てことを…………ひうっ!?」

恐ろしいことに、効果はすぐに現れた。

「あ、あ、あ……♡　何だこれは、はぁ……あっ♡」

身体をビクンビクンと震わせ、しまいにはもどかしげに下腹部を床に擦《こす》り付けだしたジュリアスさんにドン引きする。

こ、これを危うく飲まされるところだったのか……。

レオンさんが、ベッドの上に転がっていた短剣を放り投げた。ジュリアスさんの足元にカランと音を立てて転がる。

「せめてもの情けで、それを置いていってやるよ。それで縄を切って右手と仲良くするか、そのまま床と仲良くするかどっちでも好きな方を選ぶといい。他人には迷惑掛けるなよ。じゃあな」

「おい、ちょっと待……！　ああっ！」

ジュリアスさんの制止を無視して、レオンさんはそのまま私の手を引いて屋敷から出る。私を連れてきた男は既に逃げ去った後なのか、屋敷の外に馬車の姿はもうなかった。

「……手掛かりに宝石を落としていってくれたのは良かったが、最後の方のやつ、靴下だのガーターベルトだの落とすのは勘弁してくれ。あれを見た時、心臓が止まるかと思った……」

溜息と共に呟かれた言葉に、申し訳なさでいっぱいになった。あの時は必死でそれどころじゃなかったけれど、考えてみれば性的に襲われたと勘違いしかねないアイテムだった。

「えーと、その……心配掛けてごめんなさい……」

俯《うつむ》いて謝ると、頭を軽くポンポンと叩かれる。その時、遠くから馬の蹄《ひづめ》の音が聞こえた。同時に、私達を呼ぶ声も。

「団長っ、いくらリナさんのためだからって、突っ走りすぎですっ！　みんなついていけてないですよっ」

私達の前で馬から降りた、まだ年若い騎士さんがゼエゼエしながら、レオンさんに文句を言う。レオンさんはどこ吹く風で「そうか、悪かったな」と軽く受け流していた。

「あ、リナさん！　無事だったんスか⁉　良かったです！　リナさんが攫《さら》われたって聞いて、第二のみんな自分が助けに行くって聞かなくて大変だったんスよ！　団長にどやされて一番隊だけがこうやってついてきたんですけど、団長のスピードが速すぎてみんな置いてかれちゃったっス！」

そう言ってエヘへ、と笑う騎士さんの笑顔に、心がふわりと暖かくなった。話をしている間にも、後続の騎士さん達が追いついてきて、次々に優しい声を掛けてくれるのが嬉《うれ》しい。

張り詰めていた気持ちが漸く緩んで、心からの笑みを浮かべた私を、レオンさんが穏やかな顔で見守ってくれていた。

「――それじゃリナ、みんなのところへ帰るか」

「……はい！」

差し出されたレオンさんの手を、ぎゅっと握り返した。

十二・真由の帰還

あの後、公爵家の屋敷ではアリスちゃんが寝ずに待っていて、私の顔を見た途端号泣して謝られてしまった。アリスちゃんは何も悪くないのに、と私の方が申し訳なくなってしまうくらいだった。

レオンさんは、私があんな恐ろしい目に遭ったことで精神的にショックを受けていないかものすごく心配してくれたけれど、さほどダメージもなく日常に戻ることができた。だって、ぶっちゃけ襲われたことよりその後のインパクトがすごすぎて色々吹っ飛んじゃったからね……。

ジュリアスさんは何とあの後、騎士団を辞めて領地へ帰ってしまった。病気療養のため、との名目だったが真相はもちろん違う。

あの日、翌日の昼を過ぎても屋敷に戻らない彼を心配した公爵家の執事さん（別荘を借りたりいろんな手配をしたのもこの人だったらしい）が様子を見に行くと、とても人には見せられないような姿で白目を向いて気絶している彼を発見したそうだ。そこで慌てた執事さんによって医師が呼ばれてしまったために事の次第が公爵の耳に届き、激怒した公爵によって領地へ連れ戻された、というのが事の真相らしい。後日公爵直々に謝罪を受けて聞かされた。

そして、ザカリアさんが第二騎士団を訪ねてきたのは、それから一ヶ月後のことだった。

「……かつてこの地にあった亡国、パルマ帝国の神殿跡を探したところ古文書が見つかり、光の神子《みこ》召喚に関して、今まで知られていなかった様々なことが判明しました」

レオンさんの執務室に通されたザカリアさんが、腰を下ろすなり話し始める。なんだか神妙な面持ちのザカリアさんに、もしや良くない報告なのかと思わずごくりと息を呑《の》んだ。

「召喚が行われるようになったのは約三千年前、国中が瘴気《しょうき》に覆い尽くされ、人々が危機に陥った時に我らが偉大なるソリアナ神が降臨され、瘴気を打ち払った時からだと言われております。瘴気を打ち払った後、ソリアナ神は当時の神官に召喚の秘術を授けられ、その秘術によって光の神子が召喚されるようになったのだと。そこまではこの国の者なら子供でも知っている伝説なのですが……実はその時授けられた秘術は、召喚の秘術だけでなくもう一つあったということなのです。それが神子様を帰還させるための術であった、と」

そこまで言うと、ザカリアさんは沈鬱《ちんうつ》な表情で溜息《ためいき》を一つついた。

「光の神子様の召喚を行うには、多大なる光の魔力が必要です。我々は民の中から僅《わず》かでも光の魔力を持つ者を探し出しては神官とし、いつぞや神子様にもご覧頂いたあの水晶玉に百年かけて魔力を注ぎ込み、それを使って神子様を召喚する、ということを繰り返しておりました。しかし、古文書によると元来は召喚は二百年に一度しか行ってはならないものだったようなのです。百年かけて召喚のための魔力を、さらにもう百年かけて帰還のための魔力を集める。両方を集めて、そこで初めて召喚の儀が許されていたのだと、古文書には記されておりました」

「……つまり、大昔の神子は瘴気を浄化したら元の世界に帰ってたってことですか？」

「その通りです」

私の問いかけにザカリアさんが苦い顔で頷《うなず》く。

「それが崩れたのは六人目の神子様の時だったようです。当時の神子様はパルマ帝国の王と恋に落ち、この世界に留《とど》まることを選択されました。神子様が留まられたことでその後発生する瘴気も完全に浄化されるようになり、瘴気の憂いから解放されたパルマ帝国はかつてないほどの繁栄を迎えました。そして神子様が老いて亡くなった時も、帰還のために既に集められていた魔力を使うことによってすぐさま新しい神子様を召喚することができたのです。……しかし、それによって人々の中で『敢《あ》えて神子を帰還させる必要はないのではないか』という考えが生まれてしまいました。神子様にはずっとこの世界に留まって、この国で幸せになって頂ければそれでいいのではないか、そうすれば今までより短い期間で神子様の召喚が可能になり、ひいては国のためにもなる、と。そうしてパルマ帝国の神官達は帰還のための秘術を隠し、神子様を王族と結婚させることでこの地に留めさせるようになったのです……」

ザカリアさんは話しながら感極まったのか、ブルブル身を震わせたかと思うと、椅子《いす》から飛び降りて土下座まで始めてしまった。長い白髭《ひげ》が床について広がる。

「……ああ、お許し下さい神子様！　神のご意志に背いて、本来元の世界へお戻しするべき神子様をお戻しせずにおったなどとは、私どもは知らなかったのです……！　罪深き我々をどうかお許しを……！」

……この世界にも土下座ってあるんだ……。

「い、いえザカリアさんは何も知らなかったんでしょう？　謝って頂かなくて大丈夫ですから！　お願いですから顔を上げて下さい！」

慌ててザカリアさんに駆け寄って顔を上げさせると、ザカリアさんの顔は涙と鼻水で顎《あご》髭まで濡《ぬ》れていた。鼻をズビズビ言わせながらヨロヨロ立ち上がる。

「そ、それでその隠されてしまっていた帰還の秘術っていうのは見つかったんですか？」

椅子にもう一度座らせて、雰囲気を変えるために早口で問いかけると、ザカリアさんは漸《ようや》く涙を止めてゆっくり頷いてくれた。

「……ええ、おそらく神のご意志に背くことを憂えた、私のような神官が他《ほか》にもおったのでしょう。古文書と共に地下に隠されておりました。神子様の光の魔力と、我々が水晶に込めていた光の魔力は同じものですから、神子様が水晶へ力を注いで頂ければ帰還の術は可能です。一時間も力を注いで頂ければ大丈夫かと」

神官さん複数が百年かけて注ぐ力と、私が一時間かけて注ぐ力が同等なのか……。恐ろしい。

改めて自分の力のトンデモ具合を思い知る。

「では、その帰還の術を使って真由《まゆ》を送り返したいと思いますので、準備をお願いします！　ザカリアさん、懸命に調べて下さって本当にありがとうございました！」

解決の手段が見えた喜びに、思わずザカリアさんの両手を取り握りしめると、ザカリアさんは今日ここに来て初めての笑みを浮かべてくれた。

「我々の過《あやま》ちをお許し頂いてありがとうございます。全身全霊《ぜんしんぜんれい》をかけて、帰還の術を成功させてみせますのでどうぞご安心下され……！」

秘密を告白して肩の荷が下りたのか、ザカリアさんは晴れ晴れとした顔で神殿へ帰っていき、執務室には私とレオンさんが残された。

話し合いの間ずっと眉《まゆ》を寄せて難しい顔をしていたレオンさんは、今も難しい顔のままだ。

少しの間、部屋に沈黙が下りる。

「……わかってると思いますけど、私は帰らないですからね？」

レオンさんの手を軽く握ると、レオンさんが難しい顔のまま視線をこちらへ向けた。

剣ダコでゴツゴツした大きなその手は、私の手と比べて少しひんやりとしている。

「水晶に力を込めさえすれば私も帰れるみたいだけど、私は絶対レオンさんの傍《そば》から離れない、って言ったんです。責任持って、ずっとここに置いて下さいね」

「……ああ、もちろんだ。何があっても離さねえよ」

レオンさんの眉が解け、力強く手を握り返された。そのまま目を閉じて、優しく下りてくるだろう唇を待つ。

そして、その期待は裏切られることなくすぐに叶《かな》えられた。


いよいよ迎えたその日。

既に水晶に力を注ぎ込み終え、足元には来た時とよく似た魔法陣らしきものが描かれて、その瞬間を待つばかりとなった神殿の広間。そこへこの世界に来た時そのままの喪服姿で神殿へ連れてこられた真由は、これ以上ないほどぶすくれていた。

「何で莉奈《りな》が神子で、私が追い返される羽目になるのよ……ありえない、莉奈のクセに……」

ぶつぶつと呪《のろ》いのように恨み言を言い連ねていたが、私がいることに気付くと、視線で射殺《いころ》されそうなくらいギッと睨《にら》み付けられた。そのまま私に掴《づか》みかかろうとして、傍にいた騎士さんに取り押さえられる。

「……なによ！　あんたなんて、この電気もネットもないような古臭い不便な世界でせいぜい苦労して生きていけばいいんだわ！　私は元の世界で新しい彼氏捕まえて、大学生活楽しんで、何不自由なく暮らすんだから！　あ、そうだ！　あんたがいなくなったら、あんたの親の遺産だってうちのものなんだからね！　ザマーミロ！」

騎士さん達に両腕を押さえられながらも、これ以上ないくらい目を吊《つ》り上げて罵《ののし》る真由を、静かに見返した。

「……なわけないでしょ。私があの世界から消えたって、死体でも見つからない限りただの失踪《しっそう》人扱いだから遺産相続は発生しないし、何年か経《た》って死亡宣告されたとしても私のお金は叔父《おじ》さんのところには行かないよ？　叔父の遺産を姪《めい》が受け取るのは条件さえ整えばありえない話じゃないけど、姪から叔父への遺産の相続権なんてないから」

もし自分が死んだら両親からの遺産はどうなるのか、一度弁護士さんに確認したことがあるから間違ってはいないと思う。

騎士さんを振りほどこうとしていた真由の動きが止まった。

ありえないものを見るようにギギギ、と私の顔を見つめる。

「……え、何よそれ。じゃああんたの持ってる保険金や賠償金はどうなるのよ、一億以上あるのに……」

「んー、多分国が没収？　かな？」

首を傾《かし》げつつ答えると、真由の目がこれ以上ないほど見開かれた。その般若《はんにゃ》のような形相に、腕を押さえていた騎士さんが思わず一歩後ずさる。

「はあぁ!?　何言ってんの!?　ふざけないでよ！　そんなのありえないし！」

「だって本当のことだもん。……それはいいけど、戻る前にポケットと胸元に詰め込んだものは返していってね。それは真由が持ってっていいものじゃないから」

「あ！　ちょ、何すんのよ！」

遠慮なく真由の胸元に手を突っ込むと、ブラの中から色とりどりの宝石をあしらった豪華なアクセサリーがこぼれ出た。スカートのポケットからも同じようにアクセサリーを掴み出す。

「それは私が貰《もら》ったんだから私のものよ！　返しなさいよ！」

「あんな人を騙《だま》すような真似《まね》して手に入れておいて、あなたのものな訳ないでしょう。これは王様にお返しするから」

ギャンギャン吠《ほ》えながら隙《すき》あらば引っかこうとする手を避《よ》けて、近くにいた神官さんにアクセサリーをまとめて預けた。そしてザカリアさんに「始めて下さい」と声を掛ける。

ザカリアさんは一つ頷いて、呪文《じゅもん》の詠唱を始めた。

真由は魔法陣らしきもの……ああもう、魔法陣でいいや、の真ん中に座らされながらも、罵り声を上げ続ける。

「ちょっと見た目のいい男捕まえたからって調子に乗ってんじゃないわよ！　ジュリアス様が言ってたわよ、あの男は平民上がりの薄汚い下衆《げす》だって！　権力目当てであんたを騙してるだけだって！あんたなんか今にミジメに捨てられるんだから！」

自分のことだけならともかく、よく知りもしない癖にレオンさんのことを悪《あ》し様に言われて流石《さすが》にカチンときた。

本当なら最後まで黙ったままでいようと思っていた言葉が、思わず口をついて出てしまう。

「……ねえ真由、青葉《あおば》テクノロジーっていう会社、知ってる?」

突然思いがけないことを言われて、真由は虚をつかれたように目を瞬かせたがすぐにまた睨みつける目つきに戻った。

「……パパがやってる会社のメインの得意先でしょ? その会社がどうしたって言うのよ」

「私の弁護士さんが連絡くれて知ったんだけど、あの会社、お葬式の前日に倒産したみたいよ? 官報に載ってたんだって。お葬式の時点では叔父さんもまだ知らなかったんじゃないかな」

真由がポカンと口を開けた。

「……は? 官報って何よ。何デタラメ言って……」

「叔父さんね、一年くらい前から弁護士さんのところにしょっちゅう来ては月々の養育費の増額をねだったり、『兄貴の遺産で俺《おれ》の会社に投資しろ。増やして返すなら問題ないだろう』って言ったりしてたの。そんな明らかに銀行に融資断られました、みたいなこと言われて投資する馬鹿《ばか》がいる訳ないのにね。それで弁護士さんが不審に思って色々調べてくれてたんだ。叔父さんの会社、売上のほとんどがあの会社のものだったみたいだから、連鎖倒産待ったなしじゃない?」

真由の顔がみるみる青ざめていく。そんな、まさか、と呟《つぶや》く声。

「あ、ちなみにおばあちゃんの遺産は当てにしない方がいいと思うよ。おばあちゃん前に言ってたもん、『この施設は入居金がありえないほど高くて蓄えがほとんどなくなっちゃったけど、入居しちゃえば後は毎月年金で払える金額だから安心だ』って。まあそもそも相続人の一人である私が行方《ゆくえ》不明状態でどうやって遺産を分けるのか知らないけど」

私は思い切りにこやかに笑ってみせた。

「と言うわけで、これから色々大変だと思うけど、あっちの世界で頑張ってね！　きっと家も取り上げられて貧乏アパート暮らしとかになると思うけど、大丈夫！　厄介者は消えて本当の家族だけになったんだから、家族みんなで力を合わせればきっと乗り越えられるよ！　じゃあね！」

昔しょっちゅう言われていた、『本物の家族じゃないただの厄介者』という言葉を当て擦《こす》って、ひらひらと手を振ってみせる。本当は、おばあちゃんのお骨《こつ》をちゃんと拾ってくれるよう言いたいけど、言うと逆に絶対まともに拾ってくれなさそうなので敢えて何も言わないままだ。

「え、ちょ、私やっぱり帰るのやめ……」

慌てて魔法陣から出ようとする真由を、騎士さん達が魔法陣の外から剣先を突き付けて制した。

呪文を詠唱する声が高まり、魔法陣が光を放ち始める。

「やだ、やめてよ！　貧乏暮しなんて嫌！　帰りたくな……！」

目を開けていられないほどの光が辺り一面を覆い尽くして——そして、再び目を開けた時、魔法陣の上にはもう何も存在していなかった。

十三．王の願いと、王子の失恋

「――――そうか。あの者は無事元の世界へ帰ったか。神子《みこ》殿には随分と世話を掛けたな。礼を言う」

「いえそんな、もったいないお言葉です。こちらこそ彼女の処分を下すのを待って頂いてありがとうございました」

王宮の謁見の間。

国の権威と財力を誇示するかのように絢爛豪華《けんらんごうか》に飾り立てられたこの部屋で、私は今、国王陛下に真由《まゆ》の件の顛末について報告を行っていた。傍らにはレオンさんも付き添ってくれている。

玉座に座る陛下のお顔は、以前お会いした時の青白く頬《ほお》肉が削《そ》げていた状態と比べて随分血色も良くなり、健康的な膨らみを取り戻していた。

これがそもそも本来の彼なのだろう、つい先日まで病に臥《ふ》せっていたとは思えないほどの力強さと威厳を漂わせており、そしてその横には仲睦《むつ》まじく寄り添うミランダ王妃の姿があった。

「そなたには恩を受けるばかりで申し訳ない限りだ。せめてもの礼に金や宝石を贈ろうと言っても固辞するばかり……。そなたに報いるには一体どうすればいいのやら。そなたがあの者から取り戻してくれた宝飾品も、全《すべ》てそなたの物にしてくれて良いのだぞ？」

どうやら本気で言っているらしいその言葉に、私は内心冷や汗をかく。

特に興味があるわけでもないのに、あんな高価そうなもの恐ろしくて手元になんて置いとけないわ。

「いえいえ、あんな素晴らしい品々、私には分不相応です。それに、私みたいな大して美しくもない人間を飾り立てたところで、どうしようもないですし」

へらりと笑って誤魔化すと、陛下は何故《なぜ》か驚愕《きょうがく》して「大して美しくない、だと……!?」と呟《つぶや》き、レオンさんは隣で「まだそんなとぼけたこと言ってんのかよ……」と溜息《ためいき》をついていた。一体何がとぼけたことなんだろう。

「そんなものを頂くより、王子が私にちょっかい出そうとするのを止めてもらえる方が嬉《うれ》しいです」

国の頂点である国王陛下とこうして話をできる機会なんてこの先そうそうあるもんじゃないだろうし、不敬を承知で思い切って言ってみた。

「む？　アルベルトがそなたに執心して色々動いているのは知っているが……そなた、我が息子が相手では不満か？　確かに多少ひねくれたところはあるが、それ以外は顔も頭も良い方だし、相手としてはそう悪くないと思うのだが」

あ、親から見てもあの人やっぱちょっとひねくれてるんだ。

「そなたがレオンと想い合っているというのは承知しているが、王としても父としても、騎士団長などより王子と結婚してくれるのが望ましいのだがな。騎士団長と結婚されても王家の者との結婚と比べて大した利点がない」

「……っ」

レオンさんがギリ、と歯を軋《きし》ませ、陛下はそんなレオンさんをどこか楽しげな目で見下ろしていた。

うわー……失礼ながらこの人、やっぱり王子と親子だわ。こういうところそっくり。

「……陛下、私とレオン団長のことを認めて頂けたなら、という前提での提案が一つあるのですが、お近くによって少しお耳をお貸し頂いてもよろしいですか？」

何かあった時に交渉に使えないかと、こないだから漠然と考えていた案を実行してみることにする。

陛下が面白そうに眉《まゆ》を上げ、唇を笑みの形ににやりと歪《ゆが》めた。

「……ほう？　構わんぞ。近う寄れ」

従僕や臣下の方達の視線を受けながら陛下の元へ歩み寄り、耳元でとある提案を囁《ささや》いた。

途端、陛下が肩を震わせて笑い出す。

「……っくく、何を言いだすかと思えば……。そうだな、確かにそれは魅力的な提案だ。成程、そういう力の使い道もあるのだな……くっくっ」

しばらく陛下の笑いの発作が収まるのを待つ羽目になってしまった。

あれ？　第二の皆にはものすごい大人気だったし、陛下にも絶対いけると思ったんだけどなー……薄毛の再生。駄目か。

「それはそれで是非頼みたい魅力的な提案ではあるのだが、私としてはもっと切実な願い事があってな。そちらを何とかしてもらえると嬉しいのだが」

ちょいちょい、と指で招かれて陛下の口許《もと》へ耳を寄せる。

そこで囁かれた願いは、思いも寄らないものだった。

「えぇ!?　そ、それはやってみないとわからないですけど、多分できるんじゃないかと……え、けど、えぇ……!?」

陛下から飛び退《の》くように離れ、顔を赤くして狼狽《うろた》えまくっている私を、拝謁の姿勢のまま動くに動けないレオンさんがもどかしげに見ているけれどフォローする余裕もない。

「て言うか、もしかして最初からそれを交換条件にするつもりでさっきあんな意地悪なこと言ったんじゃ……!?」

ハッと気付いて陛下の顔を見る。

わざわざそんなことしなくたって頼まれたなら普通にやってあげるのに、どうしてわざわざ事をややこしくするのか。なんでこんな、人の悪いところまでそっくりなんだろうこの親子……。

陛下は一瞬バレたか、みたいな顔をしたがその後すぐに真顔になった。

「意地の悪い真似《まね》をしたのは悪かったが、九年前既に病で体調を崩しかけていた私の元に嫁いできて、献身的に私を支え続けてきてくれた王妃の唯一の願いなのだ。私ももちろん同じ思いだ。……どうか頼む」

「う……」

国王陛下に頭まで下げられてしまってはどうしようもなく、私はそのまま善は急げとばかりに、謁見の間の更に奥にある控えの間へと連れ込まれた。

「っリナ！」

慌てて立ち上がろうとするレオンさんを、陛下が視線で制する。

「そう慌てるな、神子殿に危害は一切加えぬし、手を出されぬか心配ならば女性である王妃も同席させるからそれで良かろう。説明は後で神子殿から直接受けてくれ」


「――――で？　あの時一体何を頼まれてたんだ？」

帰りの馬車の中、レオンさんに問い詰められた私はつい視線を泳がせた。

あの後、しばらくして控えの間から上機嫌で姿を現した陛下を見て、謁見の間で待たされていた人々は驚愕に目を見開いた。

何故なら、今まで地肌が覗《のぞ》くほどの薄さだった陛下の頭髪が、いきなりフッサフサになっていたから。

控えの間で何が起こったのか一目瞭然《いちもくりょうぜん》なその有様に、場の人々はこれこそが王の願いだったのかと納得した。

ついでに髪の毛に不安を持つ人達からは強烈に熱のこもった視線が私に向けられたけど、敢《あ》えて気付かない振りでスルーした。キリがないもん。

けど、髪の方はものついでで、陛下に本当に頼まれたのはそっちじゃない。

説明は後で受けろ、って言ったのは陛下自身なんだからレオンさんには言ってもいいんだろう。なるべくレオンさんから目を逸《そ》らしながらボソボソと説明を始めた。

「……えーっとですね、非常に言いにくいんですけど、その、王妃様の願いって言うのは、王様との子供が欲しいっていうものでして……」

「ああ、成程。あのお二人の間には未《いま》だ御子がおられないからな。それはもっともな願いだが、別に皆に隠すようなことじゃないだろ。そもそもリナの力で御子が授かれるのか？　どうやって？」

レオンさんの当然の疑問に、ますます言いづらくなって頬を赤らめる。

「いえ、その前の段階のお話で、子供を授かるためにはそのために必要な行為ってものがあるわけで、そのための手助けというかその……つまり王様が病気のせいで性的に役に立たなくなっちゃってたので、それを神子の力で治した、みたいな……？」

ハッキリ言うのが恥ずかしくて遠回しに表現しようとしたら何だか訳が分からなくなって、結局身もふたもない説明になってしまった……。

漸《ようや》く理解したレオンさんも「そ、そうか……それは確かに人には言えないよな……。悪かったな」と呟いて、少し顔を赤くすると口許を手で覆い隠した。馬車の中に微妙な沈黙が下りる。

沈黙の中、私は王妃様のことを思い浮かべていた。

実際のところ、本当に行為ができるようになったかどうかは夜にでも実地で試してもらわないとわからないんだけど、とりあえず王妃様は涙を浮かべて喜んでくれた。

『はしたない女だとお思いでしょうが、私、心から陛下をお慕いしているのです。結婚した時から既に陛下は身体《からだ》を悪くされていて、一度も閨《ねや》に侍《はべ》ることもないまま今日まで過ごしておりました。心は結ばれているつもりですが、できることなら身体も結ばれたい。そして叶《かな》うならば陛下との御子をこの腕に抱きたいのです……』

そう言ってはらはらと涙を落とす王妃様は、女の私から見ても守ってあげたくなるほど儚《はかな》げで美しかった。そしてその肩を抱く王様の手も優しくて……。

無事に結ばれて、元気な赤ちゃんが生まれるといいな。

私はミランダ王妃の幸せを胸の中で願った。

陛下との謁見から一週間後、王宮の謁見の間にて新しい第一騎士団長の叙任式が執り行われた。

「――クラウス・バウアー、前へ！」

「はっ」

第一騎士団の新しい団長は、ジュリアスさんの下で副団長を務めていたクラウスさんという人。

ジュリアスさんのような華やかさはないけれど、質実剛健《しつじつごうけん》という言葉が似合う感じの真面目《まじめ》そうな青年だ。以前からジュリアスさんに押し付けられて実務をほぼやらされていたそうなので、これからも問題なく役目を果たしてくれるだろう。

　玉座の前へ進み出て、跪《ひざまず》いて頭《こうべ》を垂れると、その肩に陛下の持つ抜き身の剣の刃《やいば》が置かれる。

「クラウス・バウアー。そなたを第一騎士団騎士団長に任命する。正義の下、国と民を守る盾となり矛となれ」

「謹《つつし》んで拝命致します」

　その厳《おごそ》かな雰囲気に、ほう、と溜息が漏れた。レオンさんも団長就任の時同じ儀式をしたんだろうな。見てみたかった……！

　ちらりと隣にいるレオンさんを盗み見るとすぐにレオンさんの視線が返ってきて、私は慌てて前に向き直った。

　今日は私も神子としてこの叙任式に参列している。身に纏《まと》った衣装は以前公爵領での浄化の際に着ていたのと同じギリシャ女神みたいなヒラヒラで、どうやらこれが神子の公式衣装らしい。

　今日はレオンさんも一緒だし、これから第一騎士団とは一緒に活動することもあるから、と参列することにしたけど、これ以上表に出ることはあまりしたくないなあ……。

　そんなことをぼんやり考えているうちに、いつのまにか叙任式は終わっていたらしく、レオンさんに軽く肩を叩《たた》かれて我に返った。二人で謁見の間を出る。

「レオン団長！　神子様！」

謁見の間を出てすぐのところで、声を掛けられる。振り向くと、そこにはついさっき新団長となったばかりのクラウスさんが立っていた。

「ご挨拶《あいさつ》が遅くなり申し訳ありません。この度第一騎士団長を拝命致しましたクラウス・バウアーと申します。これからよろしくお願い致します！」

ピシッと九十度に腰を折って挨拶するその姿に好感を覚える。第一騎士団は貴族だけで構成されてるって聞いてたから偉そうな態度の人しかいないのかと思ってたけど、こういう人もいるのなら上手《うま》くやっていけそうだ。

「つきましてはレオン団長、早速で恐縮なのですが来月の合同討伐について教えて頂きたいことが……」

討伐についての話が始まってしまったので、邪魔にならないよう脇《わき》に下がる。と、後ろにいた誰《だれ》かにぶつかってしまった。

「あ、すいませ……王子!?」

謝ろうと振り返ると、そこに立っていたのはアルベルト王子だった。相変わらず飄々《ひょうひょう》とした笑みを浮かべている。

「やあ、久しぶり。この間は父上が世話になったようだね。父上も随分と喜んで……プッ、ククク……」

王子は愛想良く笑顔を見せていたが、途中で堪《こら》え切れない、という風に吹き出した。

「クッ、ご、ごめん、父上があの日フサフサ頭で私のところへやってきた時の得意気な顔を思い出しちゃって……。ククッ……」

「……陛下と笑い方よく似てますね、王子。髪の毛の抜け方も親子は似るらしいですから、王子も精々お気をつけ下さい。て言うか、私にちょっかい出すの、陛下に禁止されたんじゃないんですか？」

「ちょっかい出すのは禁止されたけど、友人として仲良くするくらいはいいだろう？　それとも、それすら許せないくらい君の恋人は心が狭いのかな？」

漸く笑いを収めた王子は呆《あき》れ顔の私に、悪戯《いたずら》っぽい表情を浮かべてそう言った。

まあぶっちゃけレオンさんは許せないくらい心狭いかもしれないな、と思ったけど、それを言っちゃうのもどうかと思うので沈黙でやり過ごす。

王子も、変なちょっかいさえ掛けてこなければ悪い人じゃないと思うんだけどな。ジュリアスさんに襲われた時だって、本当は私のためにわざわざ忠告しに来てくれたんじゃないだろうか。

友人としてなら仲良くしたいんだけど。

「……いつまでもそんな屁理屈《へりくつ》ばっかり捏《こ》ねて好き勝手してられないですよ。先週、陛下に子供が欲しいと相談を受けていろいろ治療して差し上げましたから、妃殿下との間に新たにお子様が生まれる日も近いかもしれないですよ。もし生まれた子が男の子だったりしたら王子もうかうかしてられな……え？」

先週の仲睦まじいお二人を思い起こしながら軽口を叩こうとしたけれど、目の前の王子の顔から見る見るうちに色と表情が抜け落ちていくのに気付いて言葉を途切れさせる。

「……え？　何……？」

あまりに急激な変化に戸惑うけれど、ふとある可能性に行き当たる。

もしかして、王子の一番好きな女性って、王妃様だった？

王妃様は見た感じ大体今二十八歳くらいだとして、王子は確か今二十二歳。六歳差だ。九年前に嫁いで来られたそうだから、当時王子は十三歳で王妃様が十九歳くらいだったことになる。そのくらいの年齢差なら、美しい王妃様に王子が恋に落ちたって不思議じゃない。多感な時期に父親の後妻としてやってきた美しく優しい女性を、どんな思いで見ていたのだろうか。ましてや、妻となっても閨に侍ることがなく、清らかなままだと知っていたなら尚更《なおさら》。

「父上の閨に義母上が呼ばれたことがない『白い結婚』だ、というのは王宮の中では周知の事実だったんだけどね。いつまでも子が生まれないことで義母上が責められた時に、父上が自分から告白したんだ。自分の病のせいだって」

私の表情で何かを察したのか、王子が微《かす》かに笑ってみせた。

「……君がもっと早くこの国に現れてくれたら良かったのに。もっと早くに現れて父上の病を治してくれていれば、父上達はもっと早く完全に結ばれてくれて、私ももっと早くに諦《あきら》めがついたのに。下手《へた》に清らかなままで目の前に居続けるものだからいつまでも諦めがつかなくて、お陰でこんなに長く不毛な思いを抱え込んだまま来てしまったよ」

自嘲《じちょう》するようなその笑みは、今まで知るどんな王子の顔とも違うものだった。

私は何か声を掛けようとして口を開きかけては、この状況に相応《ふさわ》しい言葉が思いつかずまた閉じるを繰り返す。

そんな私に、王子が優しい目を向けた。

「今まで、君たちの仲を引っかき回してごめんよ。ただ少し羨《うらや》ましかっただけなんだ。何の障害もなく思いを伝え合い、愛し合うことができる君たちが」

「……そう、なんですか……」

結局気の利いたことは何も言えず、相槌《あいづち》を打つだけで精一杯だった。

背後にはもう話し合いが終わったらしいレオンさんの視線を感じる。深刻な様子で話している私達に、敢えて割り込まず見守ってくれているようだ。

「ああ、悔しいけどなんだか吹っ切れた気分だ。これでやっと前に進める気がするよ。でも、当分恋愛はごめんかな」

ようやくいつもの調子を取り戻してスッキリした表情の王子にホッとしたけれど、結果的に王子の恋を終わらせたのが自分だったんだと思うと罪悪感で胸が痛む。

浮かない顔の私に、王子がエメラルドの瞳《ひとみ》に悪戯っぽい色を浮かべてみせた。

「――けど、私の初恋を木っ端微塵《みじん》にしてくれたんだから、ちょっとした意趣返しはさせてもらおうかな？」

「え？」

突然、腕を掴《つか》んで引き寄せられる。頬に柔らかい感触。

ほっぺたにキスされた……！　しかもレオンさんの方から見たら多分口にしたみたいに見える角度で！

「……ってめえ！　今リナに何した！」

レオンさんの怒声を聞きながら慌てて飛びずさる。

「な、な、な……！」

羞恥《しゅうち》のあまり赤く染まった頬を押さえて絶句する私に、王子は気取ったウインクを一つ投げて寄越した。

「これでおあいこだね。嫉妬《しっと》深い恋人殿によろしく。……結局無理だったけれど、君を一番に好きになりたかったのは本当だよ。次に会う時はいい友人として接してくれると嬉しいな。じゃあね」

ひらひらと手を振って去っていく後ろ姿を、私はただ黙って見送るだけだった——が。

がしっ。

突然後ろから肩を力強い手で掴まれて、顔から血の気が引く。

恐る恐る振り返ると、嫉妬心を全開にした様子のレオンさんがそこにいた。

「……今のはどういう意味だ？　どんな話をした結果唇を許すようなことになったのか、帰ったらじっくり聞かせてもらおうか……？」

「ひぃぃ……！　く、唇じゃないです！　ほっぺたでした！」

「どっちも大して変わんねえよ。今晩、覚悟しとけよ……？」

その夜、私がどんな酷《ひど》い目に遭ったかは誰にも話したくない。

全くもって最後にして最大の嫌がらせだったよ、王子……！

エピローグ

「――ソリアナ神の加護の下、誓いを確かに見届けた。今この時を持って夫婦となった若き二人に祝福を！」

神官の重々しい声で、二人の結婚が宣言された。

たった今、神の前で愛を誓いあったばかりの二人が、顔を見合わせて幸せそうに微笑《ほほえ》みあう。

今日はハインツさんとエレナさんの結婚式だ。

二人の門出を祝福するような晴天の下、神殿の前の広場で待ち構える人々の前に手を取り合って姿を見せた二人の姿は、誰《だれ》よりも輝いて見えた。

結婚式で身につけるドレスの色に特に定番と言うべき色はないらしく、エレナさんは鮮やかな赤のドレスに身を包んで、白をメインにしたブーケを手に祝福に訪れた人々と談笑している。

少し離れたところで、ハインツさんがレオンさんを含む騎士団のみんなに揉《も》みくちゃにされているのが見えた。『男の職場』系の祝福は、こっちの世界でも荒々しいな……。

こちらの世界に来て初めての結婚式の風景を微笑ましく見守っていると、私に気付いたエレナさんがブーケを持った手を大きく振りながらやってきた。

「リナちゃん、今日は参列してくれてありがとう！　光の神子《みこ》様に参列してもらえるなんて、一生の自慢だわ！」

「エレナさん、今日は本当におめでとうございます！　けどエレナさんまで神子様とか呼ぶのやめて下さいよ！」

ふふふ、と悪戯《いたずら》っぽく笑うエレナさんに苦笑する。私が神子であることを知っていながらこうやって気安く接してくれるエレナさんは、私にとってとても貴重な存在だ。ハインツさんと同じで、すぐにからかってくるのが玉にキズだけど、もし私にお姉さんがいたらこんな感じだったんだろうか。

「そうだリナちゃん、これあげる」

言葉と共にブーケがいきなり手渡されて、目を白黒させながら受け取る。どういうことかとエレナさんを見ると、輝く笑顔と共にウインクされた。

「リナちゃん言ってたじゃない。『花嫁のブーケを貰《もら》った人は、次に幸せな花嫁になる』って。だからあげる」

そう言えばこの前結婚式の準備を手伝いながら、そんな話をしたっけ。

こちらの世界と元の世界では結婚式と言っても細かなところが違っていて、その違いを比較して盛り上がったんだった。

「ブーケを貰うと次の花嫁になれる、なんて面白い言い伝えよねえ。後は何だっけ、求婚の時には男が女にダイヤの指輪を渡すんだっけ？　この国だと贈るのは指輪じゃなくて首飾りだものね」

そう言って笑うエレナさんの胸元にはルビーの首飾りが光っている。赤が好きなエレナさんがハインツさんにお願いしてルビーにしてもらったそうだ。

「ありがとうございます。大切にしますね！」

嬉《うれ》しくて白いブーケをそっと抱きしめる。ふわりと花の優しい香りが広がって思わず頬《ほお》が緩んだ。

そんな私を何故《なぜ》かニヤニヤと笑みを浮かべて見つめるエレナさんには気付かずに。


素敵だった結婚式が無事終わって、結婚式への参列ということでそれに相応しいドレスを着ていた私は馬に乗れず、レオンさんと一緒に馬車で第二騎士団の宿舎へと戻った。

エレナさん達二人は今日から街に新しい家を借りて、そこで新生活を始めるらしく、結婚式用の特別仕立てだと言う、白馬に牽《ひ》かれた真っ白な馬車に乗って手を振って神殿を去っていった。こちらでも結婚式ではそういう派手な演出があることにびっくりした。

「素敵な結婚式でしたね！　特に誓いのキスの瞬間とか、素敵すぎて私感動のあまり泣いちゃいそうでした！」

レオンさんの部屋に入り、まだ結婚式の興奮から醒《さ》めやらない私は子供みたいにはしゃいでレオンさんを振り仰ぐ。

「リナのいた世界の結婚式でも誓いのキスはあったのか？　どの辺が同じで、どの辺が違うんだ？」

どうやら興味を持ったらしいレオンさんの質問に、思いつく限りを挙げてみた。

「えーっとですね、まず式の時のドレス。これは大抵真っ白ですね。『あなたの色に染まります』みたいな意味があるそうです。で、頭にはベールを被《かぶ》ってて、誓いのキスの時に花婿さんがベールを上げてくれるんです。後、違うのは指輪の交換かな？　こちらでは女性には首飾りで、男性には剣の鞘《さや》に首飾りと同じ宝石を埋め込んで交換するんですよね。今日見てびっくりしました！」

「剣の鞘に宝石を埋めて贈るのは騎士だけだがな。一般の男には腕輪を贈るんだ」

「へえ、そうなんですか！」

テンションの高い私の話に、レオンさんが優しい顔で付き合ってくれる。

「あ、それと求婚の時には婚約指輪っていうのを贈るんですよ！　みんながみんな必ず贈る、ってわけじゃないですけど、男の人が頑張ってお金を貯《た》めて……」

そこまで言いかけて、言葉が途切れた。思わず呼吸が止まる。

レオンさんがポケットから光り輝く小さな銀の輪を取り出したから。

「その婚約指輪、っていうのはこんなので合ってるか？　エレナから話を聞いて用意したんだが」

少し不安げに差し出された指輪の上部に鎮座しているのは、光を反射してキラキラと眩《まばゆ》く光る宝石。

多分ダイヤモンド。

「あ、合ってます……合ってますけど、え、え……？」

狼狽《うろた》える私の左手を取って、レオンさんは薬指に指輪を滑らせた。

誂《あつら》えたようにピッタリなんだけど、どうやってサイズを測ったんだろう。呆然《ぼうぜん》としながらそんなどうでもいいことを考える。

指輪が薬指に収まったのを確認したレオンさんがその場に跪《ひざまず》いて指先に口付けると、これ以上ないくらい真剣な瞳《め》で私を見つめた。

「――リナ。騎士として、そして男として永遠の愛と忠誠をおまえに誓う。一生傍《そば》にいて、おまえを守らせてくれ。愛してる。リナ、俺《おれ》と結婚してほしい」

「…………っ！」

真っ直《す》ぐな視線に射抜かれて、頬が赤く染まる。

どうしよう。顔が熱い。全身の血が顔に集まったみたいだ。

まさかこんな風にプロポーズしてくれるなんて。夢でも見てるんだろうか。

「ほ……本当に？　本当に私なんかでいいんですか……？」

自信なさげにおずおずと小さな声で問いかけると、指先を強く握り返された。

「リナがいい。リナ以外は欲しくない。こんな気持ちにさせるのは生涯《しょうがい》でおまえだけだ。……お願いだから返事を聞かせてくれ」

レオンさんの言葉に、視界がみるみるぼやける。気が付くと顔が涙でぐしゃぐしゃになっていた。

「……はい……！　私もレオンさんがいい。レオンさん以外は欲しくないです。レオンさんと結婚、

したいです……！」

最後の方は涙と鼻水混じりだったけど、レオンさんにはちゃんと届いたらしい。力強く抱きしめて、涙を唇で優しく拭《ぬぐ》ってくれた。

「リナは、悲しい時や辛《つら》い時は我慢して泣かないくせに、嬉しいとすぐに泣くんだな」

からかうように言われて、言葉に詰まる。

「最初に会った時もそうだった。あの女に放《ほう》り出されそうになって、泣きたいだろうに上を向いて必死に涙を堪《こら》えていた。幼いのに強いその姿が目に焼き付いて……気が付いたら声を上げていたんだ」

「……私、幼くないです……」

「わかってるよ、そん時はそう見えたんだから仕方ねえだろ。今も子供だと思ってたらこんなことしねえよ」

思わず抗議の声を上げると優しいキスが降ってきて、唇を薄く開いて受け入れる。貪《むさぼ》るのではない、宥《なだ》めるような優しいキスに陶然となった。

ちゅ、と小さな音を残して唇が離れていく。

「リナが子供じゃねえのに気付いたのは俺の部屋で風呂《ふろ》に入った時だな。メガネを外した顔の可愛《かわい》さにまず驚いて、その後無防備な状態の胸のデカさに驚いた。これは絶対子供じゃねえ、と思って確認したら十八だって言うしよ」

「気付いたポイントそこだったんですか!?」

さっきまでのいい雰囲気が一気に台無し……！

気付いたきっかけが胸って！

「……その時から既に惚《ほ》れちまってたんだけど、俺が怪我《けが》して死にかけた時、おまえ普段辛くても絶対泣かないのに、俺が助かった時には安心してガキみたいに泣いてたよな、今と同じみたいに。あの時に、俺はこいつのこと絶対離さねえって思った」

「レオンさん……」

初めて聞くレオンさんの告白に、胸が熱くなる。

広い背中に腕を回して、力一杯抱きしめた。

「ありがとう、嬉しいです。レオンさん大好き。……愛してます」

愛してる、なんて恥ずかしい台詞《セリフ》をリアルで口にする日が来るなんて思わなかったけど、今のこの気持ちを伝えるにはこれ以上の言葉はない気がした。

レオンさんの首にかじり付き、精一杯背伸びして今度は私からキスをする。

だんだん深くなるキスと、身体《からだ》の線を辿《たど》り出すレオンさんの指先に身を任せて、心からの幸福を感じながらそっと目を閉じた。


その一年後、白いウエディングドレスを着た私とレオンさんの盛大な結婚式が執り行われ、更にその数年後に新しい家族が増えることになるのは、また別のお話。

書き下ろし

結婚狂騒曲

「――まあ！　とってもよくお似合いですわリナ様！」

王宮内の一室に、嬉《うれ》しげな声が響く。

「白一色のドレスなんて地味でつまらないと思っておりましたけど、こうして見るとリナ様の清らかな美しさが際立ってとってても素敵……！　私ももう一度結婚式を白いドレスでやり直したいくらいですわ！」

「え、あ、そうですか？　ありがとうございます……」

王妃様に過剰なまでの褒め言葉を貰《もら》って、仮縫いのウエディングドレスを着せられた私は、気恥ずかしさを曖昧《あいまい》な笑みで誤魔化した。

この世界に来てから、やたらと外見を褒められることが増えたけど、未《いま》だにどう反応すればいいのかよくわからない。

取り敢《あ》えずありがとうって言ってみたけど、お世辞を真に受けて恥ずかしい奴《やつ》だと思われてないだろうか。けど、そんなことないですよなんて謙遜《けんそん》して、身分が高い人の言葉を否定するのもなあ……。

レオンさんのプロポーズを受けてから、その後。

婚約したことを陛下と王妃様に報告したところ、王妃様から先日のお礼として結婚式で着るウエディングドレスを是非贈らせてほしいとの申し出を頂き、レオンさんの勧めもあって有難くもお受けすることとなった。

そして今日がそのウエディングドレスの仮縫いの日。

『旦那《だんな》様にはどんなドレスを着るか当日まで内緒よ』と、王妃様がわざわざ迎えの馬車まで寄越してくれたので、今日はレオンさんとは別行動だ。この世界に来てから、どこかに出かける時は常にレオンさんと一緒だったから正直ちょっと落ち着かない。もっとも、それを王妃様に言ったら『本当に仲が良いのね』と笑われてしまったのだけれど。

ドレスを作る前にどんなドレスがいいか希望を聞かれて、元の世界でのスタンダードである真っ白なドレスをお願いしたんだけど、どうやら華美を好むこの世界の貴族の方々にとって、白いドレスはとても珍しいものだったらしい。『そんな地味なドレスで本当にいいの？』と何度も確認されたけど、元の世界の常識が未だ抜けない私としては、似合う似合わないはともかくとしてウエディングドレスと言えばやっぱり白なので希望を通させて頂いた。

当初は地味と言われた白いドレスだけれど、流石《さすが》一国の王妃様が手配してくれただけあって素材からして最上級で、輝くような美しい光沢と緻密《ちみつ》なレースが施された裾《すそ》なんかは溜息《ためいき》が出るほどの美しさだった。

「このドレスを着て神殿で誓いを立てるお二人を是非見たかったのに、参列できそうになくて本当に残念ですわ」

ほう、と心から残念そうに溜息をつく王妃様。そのお腹《なか》は緩やかに膨らんで、そこに新たな生命が宿っていることをを示していた。

「あなたたちの結婚式は四か月後ですけれど、その前月がちょうど産み月になりますの。本当に残念ですけど、王宮からお二人の幸せを祈ることに致しますわ。——リナ様」

突然手を取られ、王妃様の両手で包み込まれた。いかにも高貴な方らしい、手入れの行き届いた柔らかくたおやかな手だ。

「私、リナ様には本当に感謝しておりますの。あなたがいなければ私はこうして子を授かることなどできなかった。あなたがくれた奇跡のお陰で、私は今こんなにも幸せです。今度はあなたが幸せになって下さいね。私、どんなことでもお力になりますから」

「王妃様……」

片方の手を下ろして、お腹の膨らみを愛《いと》しげに撫《な》でながら王妃様が微笑《ほほえ》む。その顔は母になることの喜びに溢《あふ》れていた。

　そして一か月後。

　私はレオンさんに連れられて、貴族御用達《ごようたし》だという宝飾店に来ていた。ちなみに、貴族向けの店に行くということでドレス着用。最近ドレスを着る機会がやけに増えたなあ……。華やかなドレスに自分が見合ってない気がして、いつまで経《た》っても落ち着かない。

「うわ、綺麗《きれい》……！」

　ガラスケースの中に陳列された色とりどりのアクセサリーは高級感たっぷりで、そういったものに疎《うと》い私でもわかるくらい質の良い物が揃《そろ》えられていた。

「これはこれはレオン団長殿、わざわざ店までお越し頂きありがとうございます。ご連絡頂けましたらこちらの方からお伺いしましたものを」

　店の奥から出てきた店長さんらしき男の人が、私達に向かって恭しくお辞儀をする。そして私の指にはめられた指輪に気付いて顔を綻ばせた。

「ああ、貴女《あなた》が神子様でいらっしゃるのですね。この度はご婚約おめでとうございます。私はこの店の支配人を務めておりますシモンズと申します。どうぞお見知り置きを」

　もう一度丁寧にお辞儀をされて、私も慌てて頭を下げる。

「数ヶ月前、団長殿が突然お越しになって『この店で一番いいダイヤの指輪を出せ』と仰《おっしゃ》った時は大層驚いたものですが、気に入って身につけて頂いているようで何よりです」

ふふふ、と穏やかに笑われて何だか恥ずかしくなる。

て言うか、高級感溢れるこのお店で一番いいダイヤの指輪って、一体いくらしたの⁉

レオンさんをチラリと見ると、言いたことが伝わったのか、気不味《きまず》げに目を逸《そ》らされた。

「……別にいいじゃねえか。惚《ほ》れた女のために使うんだから、無駄遣いじゃねえ。一番有意義な金の使い途《みち》だ」

「なっ……！」

さらりとすごい殺し文句を言われて何も言えなくなる。

私なんかのために無駄遣いするなって言いたかったのに、ずるい。こんなこと言われたら何も言えない……！

「今日は結婚のための首飾りと鞘《さや》に埋め込む宝石《いし》を見に来たんだが、こいつに商品の値段聞かれても教えないでくれ。でないと、金額を気にしてまともな物を選びそうにないからな」

「畏《かしこ》まりました」

「あ、ちょ、レオンさん駄目ですってば！」

なるべく安い物を選ぼうとしていた私の思考を読み取ったレオンさんに先手を打たれて、抗議の声を上げるがもう遅い。

「ていうか、鞘に付ける宝石買うの私ですよ⁉　金額わからなきゃ払えないじゃないですか！」

「んなもんハナから払わせる気なんてねえよ。どうせ結婚したら共有財産になるんだから気にすんな。

どうしても気が済まねえって言うなら今夜身体《からだ》ででも払ってくれりゃいい」

「な、な……！」

他《ほか》の人もいる前でなんてことを！　……と思ったら、シモンズさんはいつの間にかさりげなく離れて、向こうを向いて宝石を磨いていた。

流石接客のプロ、心遣いが素晴らしい……。

取り敢えず、宿舎に戻ったら私の有り金全部、無理矢理レオンさんに押し付けることにしよう。


さて、では好きな宝石をどうぞ、と言われても、どんな物を選べばいいのかさっぱりわからない。

レオンさんに聞いても『好きな物を選べばいい』としか言わないし。多分、レオンさんも宝石のことなんてよくわからないんだろうな。

ショーケースを前に途方に暮れていると、シモンズさんが助け船を出してくれた。

「特にこれといったご希望がないのであれば、誕生石にされるのは如何《いかが》でしょう。お二人の生まれ月を教えて頂けますか？」

成程、こちらにも誕生石とかあるんだ。

「俺《おれ》は九の月だ」

「私は、うーん、四の月になる、のかな？」

こちらの暦《こよみ》は元の世界のそれとかなり似通っていて、一年が十二か月、そして一か月が三十日の一年三百六十日となっている。私は四月生まれだから、こちらの世界でも四の月生まれということでいいだろう。多分。

「では団長殿の誕生石はサファイアで、神子《みこ》様の誕生石はダイヤモンドになりますね。ダイヤモンドは鞘に埋め込むのには不向きですので、サファイアにされては如何でしょうか。こちらのロイヤルブルーサファイアの首飾りなどは団長殿の瞳《ひとみ》の色にも近い色でよろしいのではないかと思いますよ」

そう言って差し出された首飾りは、華奢《きゃしゃ》な鎖にティアドロップ型にカットされたサファイアが一つ付いたものだった。銀細工の蔦《つた》がサファイアを包むように絡み付いている。

普通のサファイアよりも深みがあって吸い込まれそうなその青色は、確かにレオンさんの瞳の色に近いものだった。

「うわあ、素敵……」

思わず感嘆の溜息が漏れる。

すごく綺麗だけど駄目だ、これ絶対高いやつだ。名前からしてロイヤルとか付いちゃってるし。うん断ろう。

「気に入ったようだからこれをくれ。対になる鞘用の宝石もな」

断ろうと口を開く前に、レオンさんに先を越されてしまった。

「え、ちょっとレオンさん、私欲しいなんて一言も……！」

慌ててレオンさんを見ると、にやりと笑って返された。

どうやら全部お見通しらしい。

私は明らかに分不相応な首飾りと左手の指輪の両方を眺めながら、困惑の溜息をついた。


「そう言えば、さっき支配人さんが『ダイヤモンドは剣の鞘に不向きだ』って言ってましたけど、どうしてなんですか?」

夜、レオンさんの部屋でいつものようにお風呂《ふろ》を借りた後、ふと昼間の会話を思い出してレオンさんに聞いてみた。

「ああ、そりゃダイヤは燃えたらなくなっちまうからだろ」

「…………?」

どういう意味かわからない。いや、そりゃダイヤは炭素でできてるから燃えたらなくなるっていうのはわかるんだけど、それと剣の鞘に不向きな理由が繋《つな》がらなくて首を傾《かし》げる。

「昔からの伝統だな。今は幸いなことに何十年も戦争のない状態が続いてるが、昔は戦争続きで騎士が命を落とすことも多かった。だから結婚する時は、妻が守り石を埋め込んだ鞘を相手に贈ったんだ。夫の無事を祈るため、そして不幸にも夫が命を落とした時には、たとえ全身を焼かれたり首を持ち去られたりしていても夫だとわかるように。鞘なら、剣と違ってずっと腰に付いたままだから余程のことがない限り行方不明になったりしないからな。だから燃えてなくなるような石は使わないことになってる」

「………！」

何でもないことのようにあっさり言われて、ぎょっとして目を見開く。

そうか、最近大きな怪我《けが》をする騎士さんがいないから平和ボケして忘れかけてたけど、ここはそういう世界なんだ。

騎士なんて戦うのが仕事なんだから、死の危険があるのは当然だ。現にレオンさんだってあの時死にそうになったんだし。

顔を強張《こわば》らせた私に気付いたレオンさんが、労《いた》わるように私の髪を撫でてくれた。

「大丈夫、心配すんな。今は周辺国との関係も良好だし、戦争の気配もない。リナが浄化を頑張ってくれてるお陰で強い魔獣も少なくなってきてる」

「本当ですか……？」

不安げに瞳を揺らす私に、レオンさんが優しく頷《うなず》く。

一度死にかけてリナに助けてもらった俺が言っても信用ないかもしれねえけど、とちょっとだけ決まり悪げな顔で前置きしてレオンさんが言葉を続ける。

「一生かけて守りたい女ができたのに、そんなに簡単に死なねえよ。一人の頃《ころ》なら、『死ぬ時くらいはかっこよく』なんて馬鹿《ばか》なこと考えたかもしれねえけど、今の俺はどんなにボロボロになろうが必ず生きて帰ってくる。危ない真似《まね》はしねえとか、絶対怪我しねえなんて約束はできないけど、それで許してくれるか？」

嘘《うそ》のない、真っ直《す》ぐな瞳で見つめられて、私は少しの逡巡《しゅんじゅん》の後小さく頷いた。

「……絶対、死なずに私のところへ帰ってきて下さいね。帰ってさえきてくれたら、私が幾らでも治《ち》癒《ゆ》してあげられるんですから」

胸元にギュッとしがみ付くと、力強い腕が抱き返してくれる。

「――そういや、最近騎士団で怪我人が少ないのは、リナのお陰だって知ってたか？」

「え？　何ですかそれ。私何もしてませんけど」

全然身に覚えがなくて訝《いぶか》しげな声を上げると、髪をわしゃわしゃとかき混ぜられた。

「リナの作るメシに、神子の力が混じり込んでるんだよ。だから体力の回復が早くて怪我しにくいし、怪我をしてもすぐに治るんだ」

「そ、そうだったんですか……」

知らなかった。そう言えば最初の頃騎士団の誰《だれ》かにそんなことを言われた気がする。あれって味とか栄養のせいじゃなくて、神子の力のせいだったのか。

思いがけない事実を知って一人納得していると、ふとレオンさんが考え込むような仕草を見せた。

「レオンさん、どうかしたんですか？」

「……いや、ちょっと思ったんだが、騎士団の奴らはリナのメシのお陰で回復力が上がったし、従姉《いとこ》だったあの女はずっと一緒に暮らしてメシも食ってたお陰で神子の力が使えるようになってただろ？　ならずっと傍《そば》にいてメシも食って、毎晩のようにやることやってる俺はそろそろ治癒魔法くらい使えてもいいんじゃねえかと……いてっ！」

私は黙ってレオンさんの手の甲を抓《つね》り上げた。

「んだよ、間違ったことは言ってねえだろうが」

かもしれないけど、やることやってるとか言わないで！

レオンさんが不本意そうに手の甲をさする。

「……まあそれは別にいいんだけどよ。……それより、最近何かやけに浄化と討伐の頻度が高くねえか？　しかも、急《せ》かされて行ってみてもそんなに切羽詰まった状況でもねえようなとこばっかりだし。俺はもしかしたら、また王子が俺たちの結婚の邪魔をするために、わざと忙しくさせてるんじゃねえかと思ってるんだが」

ぎくり。

原因に心当たりのある私はびくりと肩を震わせた。どうしよう。できればあまり言いたくない。

「え、そ、そうですか？　私は特に頻度が高くなったとは思わないし、王子は何もしてないと思いますけど」

なるべく自然に言ったつもりだったけど、何だかレオンさんに可哀想《かわいそう》な子を見るような目で見られてしまった。

「……リナ、俺もそんなに器用な方じゃねえけど、おまえも大概物事を誤魔化すのヘッタクソだな……」

「うっ…………」

思わずぐっと言葉に詰まる。どうやらバレバレらしい。

「何か知ってるなら今のうちに正直に言っとけ。怒らねえから」

言いながら目を覗《のぞ》き込まれて、誤魔化すことを諦《あきら》めた。

「……言っても、笑ったり馬鹿にしたりしないで下さいね？」

レオンさんがそんなことをしないのはわかってるけど、念のため予防線を張っておく。レオンさんが頷くのを確かめて話し始めた。

「えっと、その、この間、ウエディングドレスの試着のために王妃様のところへお伺いした時にですね、レオンさんも知ってると思うんですけど、王妃様は今ご懐妊中でいらしてて……」

「ああ、知ってる。後数ヶ月でご出産らしいな。それで？　王妃様と何かあったのか？」

心配そうなレオンさんに首を振って否定する。

「いえ、別に何かあったわけじゃなくて、ただ単にその……羨《うらや》ましいなって……」

「あ？」

訳がわからないと言った様子のレオンさん。私はあまりのいたたまれなさに自分の夜着の裾をもじもじと弄《いじ》って俯《うつむ》いた。

「だから、その……赤ちゃんができて、すごく幸せそうで羨ましいなって。私もレオンさんと結婚したら赤ちゃん欲しいけど、レオンさんがどう思ってるかなんてわかんないし、初めてその……した日の朝には、産んでくれていいみたいなことを言ってくれてたけど、今でもそう思ってくれてるのかなとか、そもそも浄化にある程度目処《めど》がつかなきゃ、魔獣も出るようなとこに行く人間が安易に妊娠なんてしてられないなとか、色々考えて。けど取り敢えず、浄化さえある程度終わらせておけばいつ授かっても困らないし、早く浄化が進む分には誰も困らないしいいかなって思って、私が王妃様を通して国王陛下に浄化のペースを上げてもらうようにお願いしました……すいません」

恥ずかしすぎて顔が上げられない。怖いくらいの沈黙が落ちる。

耐えきれなくなって両手で顔を覆い隠そうとしたら、手首をひとまとめに掴《つか》み上げられた。驚きに顔を上げると、顎《あご》に手を掛けられ荒々しい口付けが降ってきた。

「あ、んっ……ふ……！」

肉厚な舌に歯列をなぞられ、舌を強引に絡め取られて身体の力が抜ける。そのまま思う様口内を蹂《じゅう》躙《りん》されて、ピチャリといやらしげな音を立てて唇が離れていく頃には、私はみっともなくレオンさんに縋《すが》り付いて立っているのがやっとの状態になっていた。

そのまま背骨が折れんばかりに抱きしめられる。

「やべえ、嬉しすぎてどうにかなりそうだ……」

レオンさんが掠《かす》れた声で呟《つぶや》いた。抱き竦《すく》める腕の力が強すぎてちょっと苦しい。

「最初の時、聞いたらすぐに避妊薬を欲しがったからリナはまだ子供なんていらねえのかと思ってた」

　いや、いくらなんでもあの時点で即子供欲しいとか思える人は流石にいないと思う。

「レオンさん、嫌じゃないんですか……？」

「どこに嫌がる要素があるんだよ。惚れた女に自分との子供を望まれて、喜ばねえ馬鹿がどこにいるんだ」

　さも意外なことのように返されて、却《かえ》って戸惑う。

「だって子供ができちゃったら、私のことが嫌になってもそう簡単に離婚とかできないですよ？　もう後戻りできなくなります」

「後戻りできなくなる？　いいなそれ、最高じゃねえか。今すぐ孕《はら》ませたいくらいだ」

　レオンさんが獣みたいな獰猛《どうもう》な笑みを浮かべて舌舐《な》めずりすると、私の耳朶《みみたぶ》を食《は》んだ。

「あ……あっ、や、レオンさ、それ駄目っ」

　そのまま熱い舌を這《は》わされ、耳の孔《あな》まで嬲《なぶ》られて思わず変な声が漏れる。

「あんな可愛《かわい》いこと言われて、止められるかよ」

　夜着の裾から手が入り込んできて、胸を掬《すく》い上げるように持ち上げながら先端を弾《はじ》かれた。

「やあっ……！」

　悲鳴を上げて背を撓《しな》らせる。自分の上げた悲鳴の甘さに恥ずかしくなって、目が潤んでくるのを感じた。

すぐ傍のベッドに押し倒されて、いつの間にかボタンが外されて全開になった夜着の前を開かれる。ペタンコのお腹を優しく撫でると、お臍《へそ》の辺りに口付けられた。

「……早くここに、俺とリナの子を宿したい。明日から俺も協力するから、浄化も討伐もさっさとケリつけような？」

うっとりした声音で言いながら、手は不埒《ふらち》な動きを再開する。

下着ごと夜着を引き下ろされ、するりと下肢の間に滑り込んできた指が、敏感な突起を捕らえた。溢れ出る蜜《みつ》を絡ませながらいやらしく責め立てられる。ぐちゅぐちゅとわざと卑猥《ひわい》な水音を立てて弄られて、あっという間に昇り詰めた。

「あ……あっ、や、そんな、だめ、イっちゃ……ああっ！」

腰が浮き上がり、レオンさんの指に敏感な部分を押し付けるようにして達してしまった。羞恥《しゅうち》に身体を微《かす》かに震わせながら、荒い息を必死で整える。

「はぁ……はぁ……あ、ああっ⁉」

息が整う間もなく、泥濘《ぬかる》んだ膣内《なか》に指を突き入れられて、更に呼吸が乱れた。いつもより性急な動きで全《すべ》てを暴き立てようとする指先に弱い部分を抉《えぐ》るように突かれて、無意識に腰が揺らめく。

気持ちいい。頭がおかしくなりそう。

「あ……あんっ、そんな、しないでっ、ゆび、いやあっ……！」

ずるり、と指が引き抜かれ、余裕なさげにすぐさまレオンさんの滾《たぎ》りが突き付けられた。そのまま一気に貫かれる。

「やっ、あああっ……！」

強烈すぎる刺激に、背中を仰け反らせて悲鳴を上げた。

「……っ悪い、今日はちょっと手加減できそうにねえ……っ」

「あんっ、や、駄目、そんな、深……っ！」

容赦なく奥まで何度も突き上げられて、身体の奥から全身に痺《しび》れが広がり、思考が溶ける。腰が勝手に揺れて、更なる快感を求めて剛直を締め付けてしまうのを止められない。

「あっ、や……んっ、待って、またイク、イッちゃ、や、あ、あああっ！」

「く…………っ！」

全身をガクガクと震わせながら再度達してしまう。レオンさんの口から小さな呻《うめ》き声が漏れて、その後膣奥《おく》に熱いものが注がれるのを感じた。

「あぁ……はぁ、はぁ……」

未だ痺れの抜けない身体を震わせながら必死で息を吐く。レオンさんのものがゆっくりと引き抜かれて、急に熱を失ったことに密《ひそ》かに寂しさを覚えたけれど、優しくキスされてそれも消えていく。

「リナ……愛してる……」

覆い被《かぶ》さってきたレオンさんに、啄《ついば》むようなキスを顔中に落とされた。優しいキスが嬉しくて、うっとりとレオンさんの首に手を回そうとして……その時気付いた、下腹部に当たる熱く硬い感触。

気付いてしまった昂《たかぶ》りに、狼狽《うろた》えてレオンさんの顔を見る。

「……え？　あ、嘘……？」

「まだだ。まだ全然足りねえ」

レオンさんは未だ欲望を湛《たた》えたギラギラとした目つきで、私をコロリとうつ伏せに転がすと、腰の辺りを掴んでぐいっと引き上げた。お尻《しり》だけを高く掲げた獣みたいな姿勢に、恥ずかしさのあまり全身が真っ赤に染まる。ついさっきレオンさんの欲望を受け入れたばかりのそこから、白濁がとろり、と溢れてきて内ももを伝い落ちた。

「うわ、俺が出したのが溢れてきてる。すげえエロい……」

「あ、いや、見ないでぇ……」

レオンさんが唾《つば》を飲むゴクリという音が生々しく響いた。

羞恥に身を捩《よじ》らせ逃《のが》れようとしたけれど、腰を押さえる手はびくともしない。

既に臨戦態勢の剛直がひたりと押し当てられ、再び私の中に勢いよく突き入れられる。

「あああんっ！」

跳ね上がる身体を押さえ付けるように最奥まで一気に抉られて、未だ快楽の火種が燻《くすぶ》っていた身体はいとも簡単にまた燃え上がってしまう。

『今日は手加減できそうにない』ってこういうこと……!?　て言うか、じゃあ昨日までは手加減されてたの!?　あれで!?

今までにレオンさんにされたいやらしいアレコレが走馬灯のように脳裏を駆け巡り、一瞬気が遠くなる。

明日の朝は、起き上がれないかもしれない……。多分、いや、絶対。

レオンさんに揺さぶられながら、目の前のシーツを手繰り寄せ、必死にしがみ付いた。

その後、レオンさんが鬼気迫る勢いで討伐に力を注ぐようになり、一体何が起きたのかとハインツさんから聞かれたけれど、私は気まずげに目を逸らすことしかできなかった。

春先のまだ少し肌寒い、けれどその分冷たくて澄んだ空気の中、私とレオンさんは結婚式の日を迎えた。

神殿の控えの部屋で、メイドのアリスちゃんに手伝ってもらいながら王妃様に作って頂いたドレスを身につけ、髪と化粧を整えてもらう。

裾を後ろだけ少し長く、トレーンのあるものに仕立ててもらった純白のドレスは元の世界での典型的なウエディングドレスそのもので、身につけた途端これから迎える儀式へ向けての緊張が高まってきた。

本当に私、レオンさんと結婚するんだ……。

何だか未だに現実味がなくて、フワフワした感じがする。

こちらの世界にやってきて、一年半くらい。その間に起こった様々な出来事に思いを馳《は》せる。

あの時、レオンさんと出会えていなかったら私はどうなっていたんだろう。神殿の外に打ち捨てられて死んでいたか、それとも街で下働きでもしながら逞《たくま》しく生き抜いていただろうか。

椅子《いす》に座って、そんな埒《らち》もないことを考えていると、ドアをノックする音が聞こえて慌てて返事をする。

「そろそろ時間だが、準備は終わったか？」

ドアを開けて入ってきたのはレオンさんだった。式典や祝賀行事などの時だけ身につけるという特別な騎士服は、白地に金の刺繍《ししゅう》や飾緒で華やかに彩られていて、レオンさんの精悍《せいかん》で整った造形を更に際立たせていた。ハインツさんも去年の結婚式で同じ衣装を着ていたはずなのに、全然違うもののように見えるのはやっぱり惚れた欲目なんだろうか。

「うわあ、レオンさんその衣装すごく素敵です！　似合ってます……！」

思わず立ち上がって興奮気味に話しかけると、レオンさんが苦笑する。

「それは俺が言うべき台詞だ。……ドレス、すげえ似合ってる。こんな綺麗な花嫁を見たの初めてだ。白一色のドレスって聞いてたからどんなに地味かと思ってたんだがちゃんと華やかだし、清らかで汚れのない雰囲気がリナにぴったりだな」

「え、そ、そうかな……。ありがとうございます、レオンさんにそう言ってもらえるのが一番嬉しいです」

過剰なまでの褒め言葉を、照れながらも素直に受け取る。こんな特別な日くらい、自分が可愛いと自惚《うぬぼ》れたって許されるだろう。

「じゃあ、そろそろ行くか」

優しく差し出された手を取り、部屋を出て本殿へと向かう。

途中の渡り廊下で、雲の切れ間から突然差し込んできた太陽の光が眩《まぶ》しくて、一瞬立ち止まる。

視界を一瞬真っ白に染めたその光は、あの日私をこの世界に導いた、あの光に似ている気がした。

「――レオンさん。あの時、私と出会ってくれてありがとう」

「……ん？　何の話だ？」

唐突にお礼を言われて、不思議そうな顔のレオンさん。

「ふふっ、何でもないです。行きましょう」

少し笑って、レオンさんの腕に手を絡めると再び歩き出した。

「私、レオン・カートライトは、リナ・ハヤサカを妻とし、生涯《しょうがい》愛し続けることをここに誓います」

「私、リナ・ハヤサカは、レオン・カートライトを夫とし、生涯愛し続けることをここに誓います」

祭壇の前で誓いの言葉を述べた後、二人向かい合う。レオンさんが私の顎を取り、屈《かが》み込むようにして誓いのキスをしてくれた。

そしてそれを大神官として見届けたザカリアさんが重々しく頷くと、若い神官が脇《わき》から進み出てきて、私達二人に例の首飾りと、鞘に収まった剣を差し出した。

レオンさんが首飾りを手に取り、私の首につけてくれる。宝石《いし》一つだけのシンプルな造りなので重くはないけれど、細い鎖が首筋に触れてひんやりとした感触が伝わった。

胸元で輝く青い石に確かめるように触れてから、私も剣を手に取ると鞘に埋め込まれた青い宝石《いし》に祈りを込めてそっと口付ける。

愛しい人がどうかこれからも無事でいてくれますように。

どうか私の愛しい人をずっと守って下さい――。

瞬間、宝石が眩《まばゆ》い光を放って誓いの間に集まっていた人々の目を射た。

「え……な、何……!?」

光は一瞬で消え去り、何事もなかったかのような沈黙が訪れる。

手の中の剣を覗き込むと、鞘に埋め込まれた青い宝石の真ん中に、先ほどまでは確かになかったはずの金色の輝きが、炎のようにゆらゆらと揺らめいていた。

「……！　これは……！」

ザカリアさんが一瞬息を呑《の》み動揺する気配を見せたけれど、すぐに気を取り直して何事もなかったような顔で剣をレオンさんに渡すよう促した。

人々がザワザワと騒めく中、レオンさんが剣を腰に佩《は》く。

「――ソリアナ神の加護の下、誓いを確かに見届けた。今この時を持って夫婦となった若き二人に祝福を！」

ザカリアさんの厳《おごそ》かな声での宣言。

この日この時、私はリナ・カートライトとなり、レオンさんの妻となった。

「な、何これ……⁉」

目の前に広がる光景に呆然《ぼうぜん》とする。

割れんばかりの拍手と歓声、そして広場に集まった、見渡す限りの人、人、人。

さっきの光が何だったのかを問いかける間もなく連れ出された神殿前の広場は、溢れんばかりの人で埋め尽くされていた。

「そりゃ、救国の英雄と光の神子の結婚式だからね、一目見たいと思う市民たちが押し寄せるのは当然だよ。特に君は今までほとんど公の場に姿を現してないからね」

呆然としていると、背後から声が掛けられた。この声は顔を見なくてもわかる。アルベルト王子だ。

ゆっくり振り向くと、案の定王子がにこやかな顔で立っていた。

「やあ、今日はご招待ありがとう。素晴らしい式だったよ」

「……こちらこそ、この度はご参列頂きありがとうございます」

レオンさんが不本意そうに礼を取り、感謝の言葉を述べる。

「義母上も、参列できないことを心から残念がっていたよ。おめでとう、と是非伝えてほしいとのことだった」

王子の言葉に、私も顔を緩ませる。

「ありがとうございます。王妃様も、先日無事ご出産されたそうでおめでとうございます。とても元気で愛らしい姫君だそうですね」

王妃様は、三週間ほど前に無事女の子をご出産された。

アルベルト王子以来となる直系王族の誕生に、現在国中が喜びに沸いている状態なのだ。

妹姫様の話題になった途端、王子の端正な顔が驚くほどだらしなく笑み崩れた。

「……そうなんだよ！　うちのアンジェリカは実に可愛いんだ！　あのつぶらな瞳に薔薇《ばら》色の唇、そして私が指を差し出すとぎゅっと握ってくる小さな手の愛らしさと言ったら、生まれてきてくれた奇跡を神に感謝したいくらいだね！　と言うことは授けてくれた君にも感謝すべきなのかな？　ありがとう、感謝するよ！」

…………うわあ。

うっとりと語る王子の、あまりの変貌《へんぼう》ぶりにドン引きする。

どうやら王子はしばらく顔を見ないうちに、義母への禁断の愛に悩める青年から、やばいくらいのシスコンへと華麗なる転身を遂げたらしい。

レオンさんも毒気を抜かれたような顔でポカンとしている。

一国の王子である以上いつかは結婚して跡取りを儲《もう》けないといけないはずなのに、大丈夫なんだろうかこの人。王妃様のことが吹っ切れたようなのはいいんだけれど、今度はもっと険しい茨《いばら》の道を歩き出してる気がする……。

「無垢《むく》な赤子は見ているだけで全てが癒《いや》される気がするよ。君たちも結婚したんだから早く子を作るといい。今ならうちのアンジェリカと年も近いし、きっと良い友人になれるよ！　ああ、だが男の子だった場合は考え物だな。うちの愛らしいアンジェリカを好きになられても困るし……」

何やら一人でブツブツ言い出した王子を、私達二人は呆然と見つめる。

この人、こんな性格だったっけ……？

私達の呆然とした様子に気付いたらしい王子が、漸《ようや》く我に返って一つ咳《せき》払いをすると、レオンさんに向かって手を差し出した。

「いけない、私からの祝いの言葉がまだだったね。結婚おめでとう、心から祝福するよ。実のところ、私が君達の仲を権力で裂こうとしているという噂《うわさ》がまだ根強くてね、私の評判を回復させるためにもここで和解の握手をお願いしてもいいかな？　今の私はアンジェリカで全て満たされているから今後余計な手出しはしないと約束するよ」

そう言われて、レオンさんがなんとも言えない複雑な表情を浮かべながら出された手を握り返す。

再び広場の人々から沸き上がる拍手と歓声。

取り敢えず、もう変なちょっかいを掛けられる心配だけはなくなったようだから、良かった……のかな？


「疲れた……」

ウエディングドレスのまま、よろよろと部屋の奥に置かれたソファーに倒れ込んだ。

「よく頑張ったな。後は夜のパーティーだけだ」

「う…………」

上着を脱いで寛《くつろ》いだ状態のレオンさんが冷えた果汁を差し出してくれるのを、恨みがましく見つめる。

私は今、疲れ切っていた。主に精神的に。

今私達がいるのは、王宮に程近い場所にあるレオンさんの邸宅。そう、レオンさんは第二騎士団の部屋とは別に自分の屋敷を持っていたのだ。爵位を授かった際に陛下から賜《たまわ》ったもので、今まで貰ったきりほとんど寄り付くこともなく放置状態だったのを、今回の披露パーティーのためにわざわざ手を入れて綺麗にしたそうだ。

元は不祥事を起こして爵位を廃された高位貴族の持ち物だったと言うこの屋敷は、そこかしこにいかにも高級そうな絵や彫刻が飾られていて、レオンさん曰《いわ》く『元からあった物をそのまま置いてあるだけ』らしいけれど、迂闊《うかつ》に触れるのも恐ろしくて、廊下を歩くのにも気を使ってしまう。

式が終わったらこの屋敷に移動して、夜に披露パーティーが開かれるというのは聞いていたし、レオンさんは一応貴族なのだから体面上そういうのが必要なのだろうと理解もしていた。

けど、屋敷への移動手段がオープンカーみたいな上の開いた馬車で、パレード状態で移動するなんて聞いてなかった……！

広場に集まってくれた皆さんに挨拶《あいさつ》した後、脇に停《と》められていた馬車を見た瞬間の衝撃が蘇《よみがえ》る。

おまけに、いきなりレオンさんに抱き上げられ、お姫様抱っこ状態で広場中の人にヒューヒュー囃《はや》し立てられながら馬車に乗り込んだ時のあの恥ずかしさと言ったら……！　思い出すだけで身悶《みもだ》えしそうになる。

意外だったのは、自分が見せ物になるようなそういったことはいかにも嫌がりそうなレオンさんが上機嫌で馬車に乗っていたことだ。

流石に手を振って笑顔を振り撒《ま》くまではしなかったものの、終始口端を上げたまま、引きつりながら沿道の人々に手を振る私の肩を抱いていた。

疑問に思って聞いてみたところ、『目立つのは確かに好きじゃねえが、リナが俺のものであることを触れ回るには好都合だからな』と不敵な笑みで返された。

相変わらず、普通なら引いてしまうくらいの独占欲だけど、それが私には嬉しい。破《わ》れ鍋《なべ》に綴《と》じ蓋《ぶた》っていうのは私達みたいなことを言うんじゃないだろうか。

そんなことを考えながら飲み干したグラスをテーブルに置くと、待っていたかのようにレオンさんに抱きしめられた。

「……レオンさん？　どうかしました？」

「リナがやっと、俺だけのものになったのを実感してる」

ぎゅっと腕に力を込められて、ふふ、と私は幸せな笑い声を漏らす。

「形式が現実にやっと追いついただけで、私は前からレオンさんのものでしたよ？　……けど、こうやってレオンさんと式を挙げて、名実共にレオンさんのものになれて嬉しいです」

視線を交わし、どちらからともなく口付ける。優しい感触に陶然となったところで、ゆっくりと唇が離れていった。

あっさりと離れていった唇が少し寂しくて、何となく指先でそっと自分の唇に触れてみる。と、レオンさんが私をまじまじと見ていることに気付いた。

「レオンさん？」

「……いや、式の前からずっと思ってたんだけど、真っ白なドレスって何て言うか……妙にエロいよな」

「……はい⁉」

あまりにも思いがけない台詞《セリフ》に、素っ頓狂《とんきょう》な声を上げてしまう。

「あまりにも汚《けが》れのない色だから余計に汚したくなるっつーか、リナが清純そうな見た目してるから余計に乱してみたくなるっつーか……」

不穏な台詞の数々に危機感を覚えて、ジリジリと後ろにずり下が……ろうとして、レオンさんに敢《あ》えなく腕を掴まれ捕獲されてしまった。

ひょいと抱き上げられ、軽い浮遊感に思わず目を閉じる。

背中に柔らかな感触を覚えて再び目を開けると、私はベッドに仰向けに寝かされた状態で、真上からレオンさんが見下ろしていた。

「ちょ、ちょっと待って下さい、この後、夜にはパーティーがあるんですよね？　今そんなことしたら私、パーティーどころじゃなくなっちゃいます！」

「大丈夫、優しくする」

慌てて制止しようとするけれど、レオンさんは聞いちゃいない。

「今日のリナは世界一綺麗だ……。この真っ白なドレスを着たリナを、そのまま抱きたい」

「きゃあ⁉」

熱に浮かされたような台詞と同時にドレスの裾を捲《めく》り上げられた。

レオンさんの眼前に曝《さら》け出されているだろうブライダルインナーも全て純白。慌てて起き上がろうとする努力も虚《むな》しく、ガーターベルトと絹の靴下はそのままにショーツだけをするりと抜き取られて床に放《ほう》り投げられた。この世界に来て初めて知ったけど、ガーターベルトってショーツの下に付けるものらしい。そうしておくとトイレの時わざわざ外さなくてもそのまま簡単にショーツが下ろせるから便利なんだよね。まあ今はそれが思い切り裏目に出てるんだけど！

「ドレスの裾が広がって白い花びらみたいで綺麗だな。真ん中のここも震えてて可愛い」

「やああっ……！」

言いながら露《あら》わになった秘処に顔を埋められて、思わず甲高い悲鳴がこぼれた。秘裂をなぞり上げた舌に花芯《かしん》をいやらしく舐めしゃぶられて急速に熱が高まり、膣内《なか》からとろりと溢れ出すものを感じる。

「本当の花みたいだな。蜜がいっぱい溢れてきた……」

興奮したような声で卑猥《ひわい》なことを言われ、羞恥に全身が朱に染まる。

「や、そういうこと言わないでっ……！」

「もっと味わいたい」

再び顔を埋められ、じゅるじゅると音を立てて吸い上げられる。

ドレスの裾が邪魔をして、レオンさんの顔や動きが全く見えない。見えない分余計に敏感になってしまい、レオンさんが舌で花芯を悪戯《いたずら》に突くたびに身体がビクビクと跳ね上がった。

縋るものを求めて、手元のシーツを力一杯握りしめる。

「あ、やっ、ああんっ……！」

強い刺激に全身を仰け反らせた瞬間に背中の隙間《すきま》に手を入れられて、後ろの編み上げ紐《ひも》の結び目をしゅるりと解かれる。ものすごい早業に呆然としている内にビスチェ部分を下着ごと思い切り引き下ろされて、押さえ付けられていた胸がふるりと転がり出た。

伸び上がるようにしてレオンさんが胸の先端に吸い付いてきて、舌で舐め転がされる。下肢では舌に代わって指が奥まで入り込み、ぐちゅぐちゅと聞くに耐えない恥ずかしい水音を響かせていた。

「や、イク、イっちゃう、見ないでっ、やだぁっ……」

上り詰めようとしたところでレオンさんが顔をじっと見つめているのに気付き、恥ずかしさに必死で顔を背けようとしたけれど顎を掴まれすぐに引き戻される。

「何で隠すんだ、イけよ。ドロドロに蕩《とろ》けたリナの顔が見たい」

「ひ、あ、駄目、あああっ……！」

膣壁《ちつ》を擦《こす》り上げる指が速さを増し、内ももがガクガクと震え出す。救いを求めてレオンさんの首筋に手を伸ばすと、欲望を湛えた強い視線にぶつかり、ゾクゾクとした痺れが背中を一気に駆け上って――気付けば脚を思い切り突っ張らせ、全身を震わせながら絶頂していた。

「あ、ぅんっ……」

頬にキスを一つ落とした後ずるり、と膣内《なか》から指を引き抜かれ、その感触にもビクビクと震えてしまう。

ぐったりと全身を弛緩《しかん》させて、赤く染まった顔を両手で覆い隠しながら何度も荒い呼吸を繰り返した。イク瞬間の無防備な顔を間近で見られたのが恥ずかしくてたまらない。

ばさり、と衣擦《きぬず》れの音がして手の隙間から覗き見ると、服を着たままだったレオンさんが私に跨《また》がった体勢で上衣を脱ぎ捨てるところだった。無駄な脂肪の一切付いていない、鍛え抜かれた身体はいつ見てもドキドキする。

現在の自分の姿を改めて見下ろしてみる。せっかくのドレスも裾が捲り上げられ、シーツの上で乱れてぐしゃぐしゃに広がり、ずり下げられたビスチェは腰の辺りで中途半端に蟠《わだかま》って、随分とみっともない有様だった。最早《もはや》自力では捩れた後ろの編み上げ紐を緩めてドレスを脱ぐことなどできそうにない。

……こんな邪魔なものなんて脱いで、レオンさんと直接触れ合いたいのに。

「……どうした？」

私の視線に気付いたレオンさんに問いかけられてどう言えばいいのかわからず、まだ穿《は》いたままのレオンさんのトラウザーズを引っ張った。

「……これも全部脱いで、それで、私の服も脱がせて下さい。服を着たままなんて嫌です。私もちゃんとレオンさんに触れたい……」

私の訴えに、レオンさんが軽く目を見開いた後口端を緩めて笑った。

「そうだな。ドレスを着たまま乱れるリナも可愛かったけど、俺もドレスの布越しじゃなく、リナの全部に直接触りたい」

言いながら私を横向きにすると、編み上げ紐をするすると器用にほどいて、あっという間にドレスを脱がしてベッドの下に落とす。そして自身も全てを脱ぎ去ると、ベッドを軋《きし》ませながら私に覆い被さってきた。

私はおずおずと、自分から脚を開いて全てを曝け出し、レオンさんを迎え入れる姿勢を取ってみせた。自分からこんな積極的な態度を取るのは初めてで息が止まりそうなくらい恥ずかしかったけれど、私だってちゃんとレオンさんを求めていることを知って欲しかった。

これは結婚式を終えたばかりでまだ気が昂っているせいなんだろうか。マリッジブルーなら聞いたことあるけど、マリッジハイなんていうのもあったりするのかな……？

「レオンさん……挿《い》れて、下さい」

レオンさんが静かに息を呑む気配がする。

流石に恥ずかしすぎてレオンさんの顔は見られず、横を向いてシーツに火照《ほて》った片頬を押しつけながらギュッと目を瞑《つむ》った。

「リナ……！」

感極まったような声と共に、レオンさんの剛直が膣内《なか》に押し入ってきた。

「あ、あああっ…………！」

熱い。

抱きしめてくれる腕も、私の中を容赦なく穿《うが》つ剛直も全てが熱くて、全身が蕩けてしまいそうになる。

「や、あ、あんっ、んっ、あ、それ駄目……っ」

律動するレオンさんの逞しい胸板に私の胸の先端が当たるのすら刺激になって、無意識に自分から擦りつけてしまう。

気付いたレオンさんにニヤリと笑われ、指先で乳首を捏《こ》ね回されて引きつったような悲鳴が漏れた。

気持ち良すぎて頭がおかしくなりそうだ。

膣内《なか》の浅い部分をかき回すようにされて、もどかしさに腰が浮き上がり、中のレオンさんをぎゅっと締め付けてしまう。

「いやぁ、ああっ、それ嫌、お、奥が……！」

「っは、きっつ……。もっと奥に欲しいのか？」

半分泣きながらガクガクと頷くと、途端に一気に奥まで突き入れられて、あまりの快感に涙を振りこぼしながら背中を仰け反らせた。

「あああっ……！」

そのまま叩《たた》きつけるように何度も奥を抉られて、びくびくと身体が跳ね上がる。どうしよう、気持ちいい。いつの間にか、ねだるようにレオンさんの腰に両脚を絡ませていた。

「レオンさんっ、好きっ、も、駄目、イク……！」

「俺もだ、リナっ、くっ……！」

どくどくと膣内《なか》に熱いものが注がれるのを感じながら、快楽の頂点へと駆け上る。あまりの快楽に未だ膣内《なか》の痙攣《けいれん》が止まらず全身を震わせていると、レオンさんが唇を寄せてきた。絡みつく舌の甘さにうっとりと目を閉じる。最後にちゅ、と音をさせて唇が離れると、優しく抱きしめてくれた。

「リナ、愛してる。これからずっと傍にいてくれ……」

「私も、愛してます。ずっと一緒にいたいです……」

結婚式での誓いのキスを思い出しながら、もう一度そっと口付けた。


「レオンさん、優しくするから大丈夫だって言ったのに……」

「……あー、悪い。リナの方から脚開いて誘ってくれるなんて初めてなもんでつい調子に乗った」

「……！　お願いですからもうその話はしないで下さい……！」

レオンさんの言葉に自分の痴態を思い出してしまい、頬が熱くなる。

雰囲気に流されて、この後の披露パーティーのことをすっかり忘れてしまっていた。

本当は披露パーティーでも着るつもりだった純白のドレスは、くしゃくしゃに丸まって床に放り投げられていて、とてもじゃないけど今日はもう着られそうにない。せっかくのドレスを未練がましく横目で見ながら、何かあった時のためにと一応持ってきていた予備のドレスをクローゼットから取り出した。自分では着られないので、レオンさんにアリスちゃんを呼んできてもらう。

「きゃあああ！　リナさん、どうなさったんですかその惨状は！　式の前、あんなに綺麗に整えたのに……！」

髪は乱れまくり、化粧もほぼ剥《は》げ落ちた悲惨な状態の私を見て、アリスちゃんが悲鳴を上げた。

いやもうホント、ごめんなさいアリスちゃん……。

そしてその後、私のウエディングドレス姿が評判を呼んで、結婚式で白いドレスを身につけるのが流行し、やがてそれがスタンダードとして定着することになるのだった……。


ガチャリ、と玄関の方で物音が聞こえて、私の隣で一緒に絵本を眺めていた小さな頭がぴょこん、と跳ね上がった。

「いま、おとがした！　かーしゃま、おとーしゃまだ！　おとーしゃまかえってきた！」

言うなりソファーから飛び降りて、一目散に扉へと駆けていく。

「慌てないで、ニコル。転んじゃうわよ」

走り出した背中に向かって声を掛けた瞬間、案の定べしゃっと転んだ。黒い瞳《め》にみるみる涙の粒が盛り上がっていく。涙が玉を結んで今にも転がり落ちそうになった時、逞しい腕がその身体を抱き上げた。

「どうした、転んだのか？　ニコルは父様みたいな騎士になりたいんだろう？　騎士を目指す男がそんなに簡単に泣いちゃいけないな」

レオンさんの言葉に、今にも泣きそうだったニコルが唇をぐっと引き結び、慌てて服の袖《そで》で涙の滲《にじ》む目元をごしごしと拭《ぬぐ》う。レオンさんがそんなニコルの頭をがしがしと撫でて優しく微笑んだ。

「よーし、いい子だ。——ただいま、ニコル、リナ」

あの結婚式から、既に三年。

結婚してもしばらく子供は我慢して、浄化が落ち着いてからにしようと決めていた私達。少なくとも一、二年は浄化と討伐に力を入れるはずだったのだけれど、思わぬ事態が起きて状況が変わってしまった。

結婚式の日、祈りを込めて口付けた途端不思議な光を放ったあの宝石《いし》。

結婚式での私の祈りによって不思議な変化を遂げたあの宝石のおかげで、レオンさんの剣が、瘴気《しょうき》を切り裂き、祓《はら》うことのできる聖なる力を持ってしまっていることが判明したのだ。

「いやはや、あの瞬間に宝石に聖なる力が宿ったのを感じまして、私ももしやとは思っておったのですが、まさかこれほどまでの力を持っておるとは。神子様のレオン団長に対する愛の深さ故《ゆえ》ですかのう」

ふぉっふぉっといかにもな笑い方をするザカリアさんの説明を受けて、呆然とする。あ、愛の深さって……。そんなんでいいのかこの世界。

ちなみに要望を受けて他の宝石にも試してみたけれど、力を授けることは全くできなかったので、あれは一回限りの奇跡らしい。

そして、この奇跡を殊《こと》の外喜《ほか》んだのはレオンさんだった。

「つまり、これからはリナが無理して出張《でば》らなくても俺一人で浄化も討伐もできるってことだろ？ってことは、子供ができたって問題ねえんだよな？」

ものすっごく爽《さわ》やかな笑顔でそう言ったレオンさんに、なんだか底知れぬ恐怖を覚えたことを思い出す。実際その後すぐにニコルを授かったんだよね……。

ニコルを身ごもるまでは、レオンさんと一緒に以前と同じ騎士団の宿舎で働きながら暮らしていたけれど、流石に赤ん坊がいる状態では皆に迷惑を掛けてしまうため、妊娠を機に王宮近くにあるレオンさんの屋敷に引っ越した。時折要望を受けて食事を作りに行くこともあるけれど、今は第二にもちゃんとした料理人を雇ってもらって、基本はその人に食事を全て賄《まかな》ってもらっている。ちなみに、屋敷の随所に飾られていた美術品の数々は申し訳ないけど物置にしまってもらった。子供が産まれて大きくなったらそれこそいつ壊れるか気が気じゃないと思ったし、実際大きくなりつつある我が子を見て、それで正解だったと思う。

レオンさんに高く持ち上げられて歓声を上げる、まだ幼い我が子を見やる。

レオンさん譲りの明るい茶色の髪と私譲りの黒い瞳を持って生まれてきたニコルはレオンさんによく似た顔立ちで、親の贔屓目《ひいきめ》を抜きにしてもとても素直で可愛らしいと思う。そんな二人がおでこ同士ををくっつけて笑い合っている様は私をしみじみと幸せな気持ちにさせた。

元の世界にいた時は、こんな幸せが自分に訪れるなんて考えもしなかった。

あの頃は仲の良い家族の中で自分だけが異分子で、ただこき使われ、見下されるだけの生活から早く逃げ出して自由になりたいと願うばかりだったけど、今思えば寂しいという感情が麻痺《まひ》していたのかもしれない。だって今、家族というものの温《ぬく》もりが、こんなにも嬉しい。

私、本当はずっとこうやって愛してくれる家族が欲しかったんだ。

「かーしゃま、にっこにこー！　どしたのー？」

無邪気な声でニコルが聞いてくる。どうやら私はよっぽど緩んだ顔をしていたみたいだ。

「ニコルが可愛くて、旦那様も優しくて、すごく幸せだなーって思ってたのよ」

「ふーん？」

にっこり笑ってそう言うと、幼い我が子はいまいちよくわからないようで、こてんと首を傾げる。

「とーしゃまは？　とーしゃまもしあわせ？」

「そうだな、ニコルと母様がいつも一緒にいてくれるから、とても幸せだ。まあそろそろ家族が増えたらもっと幸せになるんじゃないかとも思ってるけどな」

最後にさらりと爆弾を落とされて大慌てする。

「ちょ、レオンさん！　子供相手に何言ってるんですか！」

「それくらい大丈夫だろ。なあニコル、おまえもそろそろ弟か妹、欲しいよな？」

「え!?　おとうとかいもうと!?　ほしい！　ぼくいもうとがいいな！　いつもらえるの!?　あした!?」

「そんなにすぐには無理だな。今すぐ仕込めたとしても産まれてくるのは大体十か月後くらいか」

「レオンさん！」

思わず真っ赤になって叫ぶ。

お願いだから子供の前で『仕込む』とか言わないで……！

「かーしゃま、いもうと、いやなの……？　だめ？」

悲しげな瞳で見つめられ、思わずたじろぐ。いや、確かに私もそろそろどうかな、とは思ってたけど……！

「え、あ、いや、別に嫌とか駄目とかじゃないんだけど、そんな急に……」

「じゃあ決まりだな」

「わーい、やったあ！」

しどろもどろになったところへレオンさんに畳みかけられて、いつの間にかOKしたことにされてしまった。レオンさんの腕から下りたニコルが、喜びのあまりぴょんぴょん跳ね回っている。

呆然としている私を、レオンさんが背後から抱き込んだ。身長差があるせいで、私の身体はレオンさんの腕の中にすっぽり収まってしまう。

「――もう！　レオンさんいくらなんでも強引すぎです……！」

恨みがましい私の視線にもレオンさんは全然堪《こた》えた様子もなく、悪びれない笑みを見せた。

「悪い悪い。でも、幸せが増えるのは悪いことじゃねえだろ？　さっきリナ、俺とニコルを見て、これ以上ないくらい幸せな顔してた。それを見てたら、もっとリナを幸せにしたくなったんだ。……家族が増えるって、幸せが増えるってことだろ？　リナにとっては特に」

「…………っ」

ぐっと言葉に詰まる。私の家族に対する憧《あこが》れを気付かれていたんだ。恥ずかしくなると同時に、そこまで自分を見てくれていたことに胸がじんわりとしてくる。

「ニコルも大分手が掛からなくなってきたし、そろそろ二人目が欲しいなとは元々思ってたんだ。……駄目か？」

最後の『駄目か？』はやけに甘い響きを帯びていて、迂闊にもキュンとしてしまった。

「……駄目な訳ないじゃないですか。レオンさん、ちょっと私のこと甘やかしすぎじゃないですか？　そんなに甘やかして、調子に乗っちゃっても知らないですよ」

我ながら可愛くない言い方をしてしまったけど、それを聞いたレオンさんが喉《のど》の奥で低く笑った。

「調子に乗ったリナか、是非一度見てみたいもんだな。いつも遠慮して自分のことは後回しにしてばかりのくせに」

「あ、ちょっとレオンさん待って……！」

私の前に回されていた手が顎に掛かり、キスの体勢に入ろうとするのを慌てて押し留《とど》める。流石に子供の前でラブシーンを演じるのは気が引けた。

ちらりとニコルの様子を窺《うかが》うと、嬉しすぎたのか歓声を上げながらソファーの上でぴょんぴょん飛び跳ねて遊び始めていた。

いつもなら注意して止めさせるところなんだけれど、夢中になってこちらを見ていないのをいいことに、思い切り背伸びをしてレオンさんに素早く口付けた。

「私の家族になってくれてありがとう、レオンさん。これからも幸せを増やしていきましょうね……大好き」


一年後、私達はもう一つの新しい生命の誕生を迎えた。

ビアンカと名付けられた、黒髪に茶色い瞳の愛らしい女の子。

ニコルは大喜びで常にベビーベッドに張り付くようになり、レオンさんは『やべえ、俺、アンジェリカ王女が生まれた時の王子の気持ちが今ならちょっと理解できるかも。可愛すぎる』と不穏な言葉を呟いていた。

そんな家族を傍で見ていられることがたまらなく嬉しくて、幸せに頬が緩む。

「かあさま、すごくにこにこしてるねー。しあわせ？」

一年前より少しお喋《しゃべ》りが上手《じょうず》になったニコルが、以前と同じようなことを聞いてきた。

だから私も同じような答えを返す。

「ええ、そうね。ビアンカとニコルが可愛くて、旦那様も優しくて、とってもとっても幸せよ
――」

書き下ろし・その後のお話

「まあ、お久しぶり！　よく来てくださいましたわ！　わたくしずっと楽しみにしてたのよ！」

「ぼくも！　ぼくも待ってたよ！」

「やあ、久しぶり。今日は妹達の我儘《わがまま》を聞いてもらってすまないね」

今日は、私たち一家——私、レオンさん、ニコル、そしてビアンカの四人で、王宮にお邪魔していた。それというのも、アルベルト王子から、まだ幼い自分の妹たちと我が家の子供たちを遊ばせてあげたい、と要望があったからだ。

王子様・王女様のご友人、ともなると人選にかなり気を遣うらしく、検討を重ねた結果、子供たちの年齢が近い上に、権力闘争とはまるで無縁な我が家の子供たちに白羽の矢が立ったようだ。

私たちが部屋に通された途端、その愛らしい頬を薔薇色に染めていかにも嬉しげな声を上げるアンジェリカ王女と、ぴょんぴょん跳ねて全身で喜びを表す弟のクリス王子。そしてその隣には、にこにこと穏やかな微笑みを浮かべるアルベルト王子がいる。

「こんにちは、おじゃまします！　お会いできてうれしいです！」

嬉しそうに頬を紅潮させて、ビアンカが王子に対して一生懸命挨拶を返す。

無邪気にはしゃぐお子様たちの様子を微笑ましく思いながら、私たちは恭しく礼を取った。

「お久しぶりです。王子様、王女様におかれましてはご機嫌麗しく……」

「ねえねえニコル、ビアンカ、お庭で遊びましょ！　この間お兄様が、お庭にブランコを置いてくださったのよ！」

「ええーっ!?　いいな、行く行く！」

「まって！　わたしも！」

「ぼくもー！」

挨拶が終わるのも待ちきれず、遮るように口を出したアンジェリカ王女。その言葉にニコルとビアンカがぱっと顔を輝かせ、四人で先を争うようにしてバルコニーへと駆け出す。

「あ、おいニコル！　ビアンカ！」

レオンさんが止めるのも聞かず、バルコニーから庭へと続く階段を転がるように出て行った子供たちに、残された大人三人で思わず溜め息を吐いた。

「……まったく、一国の王女ともあろうものがはしたなくてすまないね」

アルベルト王子の苦笑しながらの謝罪に、私はとんでもないというように首を振った。

「いいえ、こちらの方こそうちの子たちが身分も弁えず……」

「それはアンジェリカたちも望んでいることだからかまわないよ。そうやって普通の友人として遠慮なく接してくれるのはニコルとビアンカくらいだから、あの子たちは彼らのことが大好きなんだ。だからこれからも身分など気にせず友人として仲良くしてやってほしいな。君たちの子供なら、王家に媚を売って取り入るような心配もなくて、私も安心だし」

そう言って微笑むアルベルト王子に、相変わらず言いにくいことをはっきり言うなあ、と思いつつ曖昧な笑みを返す。

王妃様への想いを吹っ切って以降、結婚を勧める周囲の勧めもさらりと受け流して、妹であるアンジェリカ王女にひたすら愛を注いできたアルベルト王子。一応その頃は次期国王として、いずれ結婚して子孫を残す意思もあるようだったけれど、アンジェリカ王女に遅れること四年、弟であるクリス王子がお生まれになってからは、まるで結婚の重圧から解放されたように自由に振る舞い始めた。

『私が結婚しなくても、クリスがいるじゃないか。愛のない結婚をして無理に世継ぎを作るより、私はクリスに後を継いで欲しいな』とは、王子の弁。

もういい年になろうとしているのに、結婚の意思はまるでないらしい。

別に無理に結婚する必要はないと思うけど、大切なアンジェリカ王女が大きくなって恋人が出来たり結婚しちゃったりしたら、その時は大変だろうなあ……。

私はシスコンの兄にひたすら溺愛されているアンジェリカ王女に密かに同情を覚え、レオンさんは何か思うところがあるのか複雑な表情を浮かべていた。

「うわあ、なにこれ、すごくおいしい……！」

アンジェリカ王女の幸せそうな声に、思わずふふ、と笑みが漏れる。

ニコルとビアンカは食べ慣れているので大きな反応はないけれど、クリス王子はものも言わず一生懸命菓子にかぶりついていた。

今はお茶の時間。向かい合ったソファーの片方に王家の三人、もう片方に我が家の四人がテーブルを挟んで座っている。

『美味しいと評判の神子殿の手料理を妹達に食べさせてあげたい』というアルベルト王子の要望で、今日は手作りの焼菓子を持参してきていた。

作っている間中、『あんな奴に食わせなくていい！』とレオンさんは終始不機嫌だったけれど、食べさせてあげたいのはあくまで子供達四人で、アルベルト王子はあくまでおまけだと言うと渋々納得してくれた。

「そんなに気に入ったんなら、僕のも半分あげるよ！」

「えっ」

ニコルが、自分の皿の上から二つあった焼菓子の内一つをアンジェリカ王女の皿に置いてあげると、アンジェリカ王女は驚きに目を見開いた後、ほんのりと頬を染めて恥ずかしそうにはにかんだ。

あれ？　この反応ってもしかして……。

その横でビアンカはニコルを真似てクリス王子の皿に自分の焼菓子を置いて、クリス王子に無邪気な歓声を上げさせている。

「こんな素敵なお菓子が作れるなんて、ニコルのお母様は料理がお上手なのね……。わたくしも、ニコルのお嫁さんになるには料理のお勉強をしないとだめかしら？」

「――っ！」

アンジェリカ王女の呟きに、危うく口に含んでいた紅茶を吹き出しそうになる。

え、ちょっと待って、王女様って今いくつだっけ……⁉　お嫁さんって！

まだ小さいのにしっかり『女の子』なアンジェリカ王女に、思わず感心してしまう。

「……やっぱりな。前からそんな感じはしてたんだ」

レオンさんが小さな声で呟く。

って、レオンさん前から気付いてたの⁉　じゃあ、妹溺愛なアルベルト王子は……⁉

恐る恐るアルベルト王子の方を窺うと、王子は余程ショックだったのか、愕然とした様子で固まっていた。こちらはどうやら今まで気付いていなかったらしい。

当のニコルは意味がわからずぽかんとしているが、ビアンカはアンジェリカの呟きを聞いてキラキラと瞳を輝かせている。

「まあ、アンジェリカ姫はニコル兄様のことがお好きなのね！　アンジェリカ姫が私の姉様になってくれたらとっても素敵！」

「ありがとう、そう言ってくれると嬉しいわ！」

アンジェリカ王女とビアンカが、二人手を取り合ってきゃっきゃとはしゃぎ始める。

私はアルベルト王子の反応が恐ろしくて顔を上げられず、押し黙って手に持ったカップに残る紅茶の水面をひたすら見つめ続けた。

「ねえ、ビアンカはどうなの？　好きな人は？　いるならわたくしも応援するわ！」

大人たちの動揺を他所に、無邪気な女子トークは続いている。

本人たちは一応ひそひそ声で話しているつもりのようだけど、残念ながら興奮しきったその声は部屋にいる全員に丸聞こえだ。

「え？　わたし？　わたしは……」

ビアンカは、まだ幼さを感じさせる柔らかな頬をぽっと赤く染めながら、ちらりと斜め向かいの人物へ視線を向けた。

え、やだちょっと待ってビアンカ、それってまさか……！

ビアンカが熱っぽい視線を向けたその先には、未だ衝撃から抜け切らず硬直したままのアルベルト王子の姿があった。

がちゃん、とテーブルの上で派手な音を立てるティーカップ。

見ると、アルベルト王子と同じく愕然とした表情のレオンさんが立ち上がっていた。

「な、ビアンカおまえ、よりにもよってそいつかよ……！」

その声にびくりと反応して、ようやく正気を取り戻すアルベルト王子。

王子は何かを言おうとして口を開きかけるけれど、その後アンジェリカ王女の言葉にすぐさま撃沈する事となる。

「んまあ、アルベルトお兄様なの⁉　本当に⁉　お兄様はそりゃ結婚してないし、優しくて格好いいけれど、もう結構おじさんよ⁉　いいの⁉」

「お、おじさん……」

溺愛する妹のあまりに率直すぎる言葉に、ショックを受ける王子。

「え、だって、いつもやさしくて、大人っぽくてかっこいいもの。……だめかしら？」

「いいえ、いいわよ。じゃあわたくしも応援するわ！」

またまだ続く、女子トーク。

衝撃に言葉もない男性陣二人の様子に、私は思わず額を押さえて溜め息を吐いた。

「……リナは随分と冷静なんだな。ニコルとビアンカの件、何とも思わないのか？」

あの後、夕方まで子供達を遊ばせてから、自宅に戻って。

夕食やお風呂を済ませ、寝かしつけまで終えた私は、未だにショックから抜けきれずベッドの縁に座り込むレオンさんを宥めていた。

まさか、子供達の淡い初恋にここまでレオンさんが動揺するとは思わなかった……。男親ってこういうものなんだろうか。

「いやまあ、驚くのは驚きましたけど……。でも、自分の子供が誰かに好かれたり、誰かを好きになれる心を持ったりしてるのって嬉しいことじゃないですか？」

慎重に言葉を選びながら話すと、レオンさんが思い切り眉を顰める。

「ニコルの方はまだいいさ。ニコル本人はまだ理解すらしてないみたいだし、二人ともまだ子供だしな。問題はビアンカだ」

そう言って、レオンさんがぐしゃぐしゃと自分の髪を掻き乱した。

「よりにもよって、相手はあのアルベルト王子だぞ。一体何歳差だと思ってるんだ。そりゃあいつは確かに顔と頭はいいかもしれないが、その分性格が悪いだろ。それに、あいつがもし幼児趣味だったらどうするんだ。……いや待てよ、あいつ自分の妹をやたら溺愛してるし、本気で幼児趣味なんじゃねえのか？　いつまでも結婚しようとしないのも、もしかして……！」

「え、いやあの人はどちらかと言えば年上趣味……っと」

本気で疑い始めるレオンさんに思わず口を滑らせそうになって、私は慌てて口許を押さえる。

危ない危ない、王子が王妃様を好きだった事は私しか知らないんだった。

幸い私の声は耳に入らなかったようで、レオンさんはなおも「そういやあの頃のリナはまだ子供っぽかったもんな。だからか……」と誤解を深めまくっている。

いやいやいや、それ全然違いますから！

「ち、違います、王子は確かに性格はアレだけど、けして幼児趣味じゃないです！」

取り敢えず王子の名誉のために、慌てて否定しておく。

「……そうなのか？」

完全に納得してはいないようだけど、ひとまず落ち着いたレオンさんに、言葉を続けた。

「まあ確かに相手があのアルベルト王子っていうのには驚きましたけど、女の子が年上の素敵な男の人に憧れるなんて、よくあることですし。いずれ普通に自分に見合った相手をちゃんと見つけてくれますよ」

何気ないその言葉に、レオンさんがぴくりと眉を跳ね上げた。

「……ちょっと待て。ということはリナもそうだったのか？」

「え？」

突然、思いがけないことを言われてぱちぱちと目を瞬かせる。どういう意味だろう。

思わず首を傾げると、レオンさんがもどかしげに私の手首を掴んできた。

「だから、リナはどうだったんだ。リナも年上の男に憧れたり、恋したことがあるのか？」

驚いてレオンさんの顔を見ると、こちらを見つめ返してくるレオンさんの目は大真面目で、明らかに嫉妬の色を滲ませていた。

まさかそんなところでヤキモチを焼かれるとは。

予想外の反応になんとなくおかしくなって、思わず口許が緩んだ。

結婚して何年もたつのに、今でもこうして熱情を向けてくれることが嬉しい。嫉妬されるのが嬉しいなんて、私も相変わらずだなあ、と思う。

「私ですか？　もちろん私にもありましたよ。ただし私の場合は大分大きくなってからで、しかもその相手と奇跡的に両想いになった挙句、結婚までしちゃいましたけど」

そう言ってレオンさんの顔を覗き込むと、レオンさんは虚を突かれたような表情をした後、誰を指すのか理解して照れたように目元に微かに朱を刷いた。

「まだ幼い憧れかもしれないですけど、人を好きになる気持ちは止めようとしたって止められるものじゃないですよ。私もそうだったし、レオンさんだってそうでしょう？　何せ『光の神子』に早々に手を出しちゃったんですから」

「……………それは、まあそうだけどよ」

当時を思い出したレオンさんが、気まずそうに目を逸らしながら答える。私は、ここぞとばかりに畳み掛けた。

「幸い婚約者がいたり身分がどうこうといった問題もないですし、このまましばらく見守ってあげてもいいんじゃないですか？　これから先ずっと思いが続くのか、それともまた他の人を好きになるのかわかりませんけど、見守るのも愛情ですよ」

宥めるように額に口付けると、レオンさんは苦笑しながら目の前にある私の腰を抱き寄せた。

「そうだな、確かに俺もあの時、リナを手に入れたくて必死だった。神子であることが王宮や神殿にバレて奪われる前に、ってな。好きな気持ちは、駄目だって言われて止められるもんじゃねえよな」

言いながら、レオンさんが下から何度も私の頬に口付けてくる。私はそれをくすぐったく思いながらレオンさんの首に手を回した。

「……さっき妬いてくれたの、実はちょっと嬉しかったです」

内緒話でもするように小さな声で告白すると、レオンさんの腕に力が籠められて。

その後の口付けは、まるで噛みつくような深いものだった。

「……ん、ふ……っ」

口内をなぞられ、舌先を強く吸われて、身体の力が抜ける。その隙に素早く抱き上げられて、ベッドの真ん中に横たえられた。

あっという間にワンピース型の夜着の前ボタンを外され、胸と下着が露わになる。

圧倒的な快楽に押し流される前の、まだ正気を保った状態のこの瞬間は、いつも少し恥ずかしい。

レオンさんの顔がまともに見られなくて目を逸らしていたら、喉の奥で低く笑う声が聞こえた。

「今まで数えきれないほどこうしてるのに、まだ見られるのが恥ずかしいのか？」

「だ、だって……ひあっ！」

抗議の声をあげると、いきなりレオンさんに首筋に口付けられ、途中で悲鳴にすり替わった。

「……まあ、俺も人のこと言えねえな。数えきれないくらいリナを抱いてるはずなのに、こうやって見てるだけで、いつもあり得ないくらい興奮する」

「！」

耳元に熱い息を吹き込みながら太腿の辺りに熱くて固い塊を押し付けられて、思わず息を呑んだ。

羞恥と、そしてこれから与えられるだろう快楽への期待に無意識のうちに視界が潤む。同時に、下肢の奥からとろりと蜜が溢れ出て、身体が勝手にレオンさんを受け入れるための準備を始めたのがわかった。

レオンさんは大きな手で私の胸を柔らかく包み込むと、感触を楽しむようにやわやわと揉みながらゆっくりと舌を這わせた。

「あ、ん……っ」

先端を舌で転がされ、甘噛みされると、全身に甘い痺れが走る。

そのもどかしい感覚に耐えていると、胸を弄っているのとは反対の手が下肢に伸ばされ、下着の中へと潜り込んだ。

「……や、あ、ああんっ！」

下着の中で、いやらしい水音をたてながらレオンさんの指が蠢く。陰核を指で挟むようにして擦り上げられて、恥ずかしいくらいあっという間に上り詰めてしまう。

「や、だめ、イっちゃ……ああっ……！」

腰が浮き上がり、びくびくと跳ねた後シーツの上に力なく落ちた。

「っは……」

達した後独特の、重怠いような感覚に包まれながら荒い息を吐《つ》いていると、レオンさんがあっという間に脚から下着を抜き取って、両脚を大きく割り広げられた。

その体勢に羞恥を感じる間もなくすぐさま剛直が押し当てられて、秘所がひくりと淫らに蠢く。

早く、その熱い塊で私の中をいっぱいにしてほしい。そう思った。

「や、あ、あああっ……！」

ずぶり、と期待通り一息に貫かれて、甲高い悲鳴がこぼれる。そのまま容赦なく突き上げられて、その激しさに涙を振りこぼす。

「あ、あ、ふ……んんっ、あ！」

滲んだ視界に、切なげに眉を引き絞ったレオンさんの顔が映る。無意識に手を伸ばすと、手首をつかんで首筋に導いてくれた。

「んぁ……ふ」

唇を塞がれて、悲鳴はすべてレオンさんに吸い取られて消えてしまう。がくがくと揺れる脚が心もとなくて、レオンさんの腰あたりに必死に巻き付けると、レオンさんが微かに笑う気配がした。

同時に、突き上げが激しくなる。

「っ、リナ、好きだ、愛してる……！」

「あ、私も好き、レオンさん、好き……！」

力の限り抱き合って、そのまま二人で頂点へと駆け上がった。


そして後日、前回と同じく子供達を遊ばせるために訪れた王宮の一室。

「王子様、すきです！　けっこんしてください！」

「ぶふっ!?」

突然のビアンカのプロポーズに、私は今回は堪えきれずに飲んでいた紅茶を吹き出した。
レ、レオンさんがいなくて良かった……。
今日は騎士団の仕事が忙しくてレオンさんが来ていなかった事に心から感謝しつつ、固唾を飲んで成り行きを見守る。

それにしても、我が娘がこんなに大胆だとは知らなかった……。幼くてまだ何も知らないが故の無謀さだろうか。

ビアンカの、幼いけれど一生懸命な告白を受けたアルベルト王子は、ちょっと目を見開いた後ゆっくりとビアンカの前で膝をついた。そして、ビアンカに目線を合わせると優しく微笑んでみせる。前回王女から『おじさん』呼ばわりされたダメージからはもう回復したんだろうか。

「そうか、ありがとう、嬉しいよ。でも、君はまだ子供だし、これから成長していく間に、私みたいな歳の離れたおじさんよりもっと魅力的な同世代の男の子との出会いがあると思うよ？」

あ、やっぱりまだちょっと気にしてた……。

「そんなことないわ！　わたしは王子様が好きなの！　ずっと、ずっとよ！」

自分の思いをやんわりと否定されて、ビアンカが頬を膨らませた。その頬を王子がつん、と優しくつついて笑う。

「ほら、そうやってすぐ膨れるところがまだ子供な証拠だよ。……そうだな、将来、君が成長して素敵な淑女《レディ》になって、その時になってもまだ私のことが好きだというなら、その時は結婚を考えようか」

むくれていたビアンカの顔が、見る見るうちに輝きだす。

「ほんとう!?　やくそくよ！」

ビアンカが首筋に飛びつき、ぎゅうぎゅうと抱きついてくるのを苦笑しつつ受け止める王子。

それを私は、ただ顔を引きつらせて見守ることしか出来なかった。


「……王子、あんな無責任なこと言って、女の子の本気を馬鹿にしてると痛い目に遭いますよ？」

約束を取り付けて気が済んだビアンカが王女達の元へと走り去り、王子と二人きりになったところで早速文句をぶつけてみる。

結婚を考える、と言われた時のあのビアンカの瞳の輝き。

私もさっきまで単なる子供の憧れに過ぎないと思っていたけど、あれはやばい。本気だ。

私とレオンさんの血を受け継いでるのだから、その一途さと執着を侮るべきじゃなかった。

「ははは、まさか。あの子が立派な淑女になる頃には、私はそれこそ本物のおじさんだよ。心配しなくても大丈夫さ」

私の心配を一蹴して笑い飛ばす王子を、思わず恨みがましい目で見つめてしまう。

王子、将来どうなっても知りませんよ……？


そう、王子はまだ知らない。

十数年後の自分が、幼い頃の口約束を盾にビアンカに押しに押しまくられて、歳の差夫婦となることを。

あとがき

初めまして、この本『騎士団長は元メガネ少女を独り占めしたい』を手に取って頂きありがとうございます。高瀬なずなと申します。

このお話は「昔のマンガとかでよくある定番ネタ『地味で目立たない女の子が、実はメガネを取ったら美少女』を異世界モノでやってみたらどんな感じになるかな？」という、非常にかるーい思い付きのもとに「ムーンライトノベルズ」様に投稿させて頂いたお話です。書き始めた当初はまさかここまで長い話になるとは思わなかったのですが、書き進めていくうちにどんどん楽しくなってしまい、いつの間にかこんな長さになってしまいました。そしてまさかまさかの書籍化。

最初お話を頂いたときは詐欺られてるんじゃないかと軽く疑ってたんですが（すいません……）、どうやら本当のお話だったようで良かったです。

私は読む分には何でも来いなのですが自分で書くのは明るく元気な話の方が好きなので、この話も自然とそういう感じに仕上がりました。

割と悲惨な境遇の割に明るく元気なリナと、最初クールなキャラっぽく登場した筈なのに、いつの間にかただのリナ溺愛主義なエロい人になってしまったレオン団長。

ヒーローは、割と完璧な人なのに、唯一の残念ポイントまたは弱点がヒロイン、みたいなタイプが好みです。その点レオン団長は思い切りツボなキャラクターだったのかも……。対してヒロインは、何にでも前向きで素直で、なんならヒーローの為に戦っちゃうくらい勢いのある感じが好みで、リナもそんな感じを目指して書いていたのですが、果たしてうまくいっていたでしょうか。

リナとレオンは、このお話の後ずっとラブラブで過ごしていくんだと思います。問題はアルベルト王子なんですが……うん、いつか幸せが来るといいですね、笑。

今回書籍化するにあたって担当編集者様や制作に携わって頂きました関係者の皆様には大変お世話になりました。ありがとうございます。

挿絵を担当してくださいました芦原モカ様には超かっこいいレオン団長と超可愛いリナを描いて頂き、感無量です。最初ラフを拝見したときはあまりの美しさに嬉しすぎて思わず奇声を発してしまいました。大感謝です。

最後に、本書を手に取って下さいました皆様にも最大の感謝を。

いつかまたどこかでお会いできる機会があることを心より願っております。

高瀬なずな

騎《き》士《し》団《だん》長《ちょう》は
元《もと》メガネ少《しょう》女《じょ》を独《ひと》り占《じ》めしたい

高瀬なずな

2021年1月5日　初版発行
2021年9月21日　第二刷発行

著者　高瀬なずな

発行者　野内雅宏

発行所　株式会社一迅社
〒160-0022 東京都新宿区新宿3-1-13 京王新宿追分ビル5F
電話　03-5312-7432(編集)
電話　03-5312-6150(販売)

発売元：株式会社講談社(講談社・一迅社)

印刷・製本　大日本印刷株式会社

DTP　株式会社三協美術

装丁　AFTERGLOW

ISBN978-4-7580-9321-7

●本書は「ムーンライトノベルズ」(http://mnlt.syosetu.com/)に
掲載されていたものを改稿の上書籍化したものです。
●この作品はフィクションです。実際の人物・団体・事件などには関係ありません。

MELISSA
メリッサ文庫